변혁 1998 5권

천지무천 장편 소설

초판 1쇄 찍은 날 § 2020년 5월 25일
초판 1쇄 펴낸 날 § 2020년 6월 1일

지은이 § 천지무천
펴낸이 § 서경석

총괄팀장 § 노종아
편집책임 § 김예슬
디자인 § 소소연

펴낸곳 § 도서출판 청어람
등록번호 § 제387-1999-000006호
등록일자 § 1999. 5. 31
어람번호 § 제1-3055호

주소 § 경기도 부천시 부일로 483번길 40 서경B/D 3F (우) 14640
전화 § 032-656-4452 팩스 § 032-656-4453
http://www.chungeoram.com
E-mail § chungeorambook@daum.net

ISBN 979-11-04-92197-1 04810
ISBN 979-11-04-92148-3 (세트)

5

천지무천 장편소설

FUSION FANTASTIC STORY

변혁
1998

변혁 2부

청어람

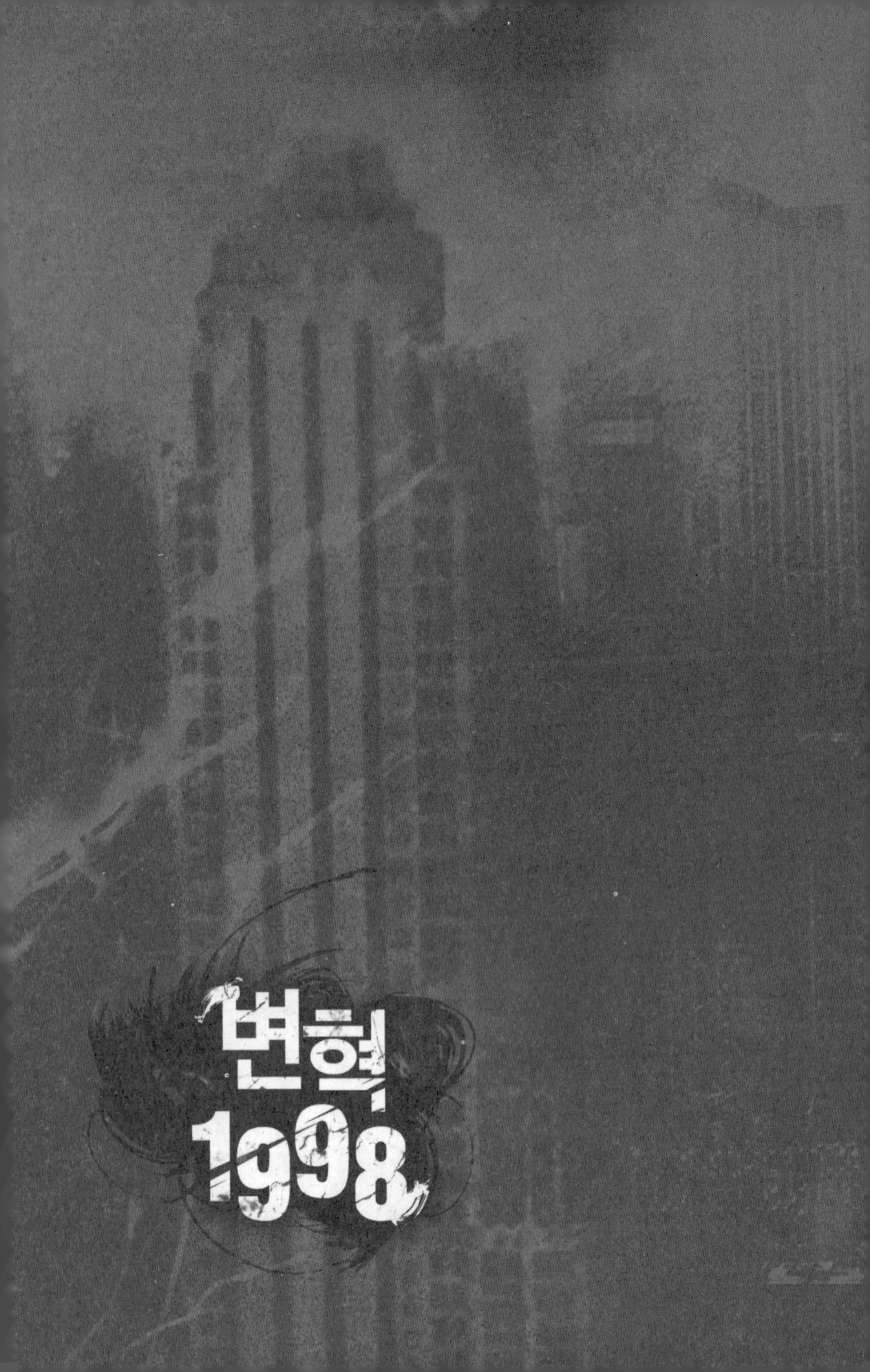
변혁
1998

목차

Chapter 1

　이대수 회장은 심각한 표정으로 도쿄 미쓰비시은행에서 통보한 이야기를 한종태 의원에게 건넸다.

　대산그룹의 자금 흐름이 좋지 않으면 대선을 준비하는 한종태에게도 영향을 줄 수 있었다.

　"흠, 심각한 일입니다. 저도 세지마 측에서 연락을 받았습니다. 한일 해저터널이 계획대로 진행되지 않은 것에 대한 불만이 큰 것 같습니다."

　"한일 해저터널이 계획대로 진행되지 않으면 저희도 큰 낭

패를 봅니다. 한 의원님께서 힘을 보태주셔야 합니다."

이대수 회장은 한종태의 말에 난감한 표정으로 말했다.

대산그룹의 역량이 한일 해저터널에 쏠려 있었기 때문에 한일 양국의 협상이 빨리 결론에 도달해야만 했다.

"2차 협상까지는 상당히 고무적인 합의를 도출했었다고 들었습니다. 문제는 SCS방송에서 한일 해저터널에 대한 특집 방송이 나간 후부터 협상의 분위기가 180도 바뀌었다고 합니다."

"저도 그 말은 들었습니다. 방송에 나온 내용 중에 상당수가 왜곡된 내용이었습니다. 언론들이 그걸 가려내지 못하고 공정하지 못한 보도를 내보냈습니다."

이대수 회장은 조금은 격앙된 목소리로 말했다.

한일 해저터널 협상이 순탄치 않게 흘러가도록 한 결정적 요인이 SCS방송이었다.

방송에 대한 호응이 뜨겁자 SCS방송은 3탄을 준비 중이라고 발표했다.

"여론이 좋지 않은 쪽으로 흘러가고 있습니다. 저도 나름대로 정부를 압박하고 있지만, 국민 여론이 문제입니다. 당내에서도 너무 한일 해저터널에 목을 매는 것이 아니냐는 비판이 나오고 있습니다."

한종태 또한 한일 해저터널에 대한 고민이 이만저만이 아니었다.

한일 양국의 성공적인 합의를 통한 한일 해저터널 사업이 순조롭게 진행되면, 강력하게 한일 해저터널 성사를 주장한 한종태의 치적이 될 수 있었다.

하지만 문제는 한일 해저터널에 대한 여론이 비판적으로 돌아선 것이다.

한일 해저터널을 계속해서 밀고 나가다간 자칫 총선에 민주한국당이 여론의 역풍을 맞아 패배할 수도 있기 때문이다.

그때 주선일보의 대표인 박정호가 도착했다.

"늦어서 죄송합니다. 법원에 결심 공판이 있어서요."

"공판은 어떻게 되었습니까?"

이대수 회장이 궁금한 듯 물었다.

닉스홀딩스가 주선일보에 대한 손해배상청구 소송이었다.

"47억 원을 배상하라는 판결이 나왔습니다. 판결 즉시 고등 법원에 항소장을 제출했습니다."

박정호의 말을 빌리면 재판에 패소한 것이나 마찬가지였다. 법원이 손해배상을 일정 부분 인정한 것이었다.

닉스홀딩스는 110억 원에 대한 손해배상을 청구했지만, 법원은 47억 원만을 인정했다.

주선일보가 닉스홀딩스에 지급해야 하는 47억 원도 상당한 돈이었다.

여기에 변호사 비용까지 지급하게 되면 금액은 더욱 커진다.

더구나 미국에 제기된 1억 2천만 달러에 달하는 손해배상 청구 소송이 더욱 문제였다.

한국처럼 50% 가까이 인정하면 6천만 달러를 지급해야 하기 때문이다.

"말도 안 되는 판결이 나왔군요. 이건 분명 법원이 언론의 자유를 억압하는 행위입니다."

이대수 회장은 자기 일처럼 성을 내며 말했다.

"공정하지 못한 판결입니다. 법원이 닉스홀딩스의 눈치를 살피는 것 같습니다."

한종태 의원 또한 판결에 대한 불만을 이야기했다.

"예, 법정에서도 그러한 분위기를 느낄 수 있었습니다. 닉스홀딩스는 막강한 자금력으로 국내외의 내로라하는 변호사들을 고용하여 저희를 상대했습니다. 저희가 알지 못하는 자료들까지 법정에 제출했을 뿐만 아니라 SCS방송과 미래경제신문, 그리고 그들에게 동조하는 신문사를 총동원하다시피 했습니다."

두 사람의 말에 박정호는 작심하듯이 닉스홀딩스에 대한 불만을 토로했다.

그의 말만 들으면 주선일보가 홀로 거대 기업과 공정하지 못한 상황에서 힘겹게 싸우고 있다는 소리로 들렸다.

"힘든 싸움이겠지만 끝까지 가야만 합니다."

"예, 고등법원에서도 공정하지 못한 판결을 내린다면 대법원까지 갈 생각입니다."

이대수 회장의 말에 박정호는 고개를 끄덕이며 말했다.

"어떻게든 시간을 길게 끌고 가십시오. 제가 대선에서 승리하면 모든 걸 원위치로 돌려놓겠습니다."

"감사합니다. 저흰 한 의원님만 믿고 가겠습니다."

"별말씀을요, 우린 생사를 함께하는 동지입니다. 삐뚤어져 나가는 이 나라를 바로 세워야 하는 것이 우리의 사명입니다."

한종태는 박정호의 말에 마치 비장한 독립투사처럼 이야기했다.

"그건 그렇고, 지금 또한 중요한 것은 한일 해저터널의 성사입니다. 박 대표님께서도 세지마 고문 측에서 연락을 받으셨다고 들었습니다."

"예, 저희도 연락을 받았습니다. 한일 해저터널이 성사되지 않으면 향후 받게 되는 돈과 이미 지급한 대출까지 회수하겠다는 말을 전해왔습니다."

"저희도 도쿄 미쓰비시은행에서 대출이 중단될 수도 있다는 아주 노골적인 말을 전해왔습니다."

박정호의 말에 이대수 회장이 걱정스러운 표정으로 말했다.

"흠, 세지마 측이 그 정도까지 이야기한 것은 한일 해저터널을 어떻겠든 성사시키겠다는 의지를 나타낸 것입니다."

한종태가 두 사람의 말에 의미를 부여했다.

어찌 보면 노골적인 위협으로도 들릴 수 있는 말을 서슴지 않고 한 것은 그만큼 한일 해저터널에 대한 중요성을 강조한 것이다.

"주선일보에서 어떻게든 여론을 주도해야 합니다. 이대로 있다가는 정말 아무것도 할 수 없는 상황이 올 수도 있습니다."

"예, 저희도 심각성을 잘 알고 있습니다. 그 때문에 서 주필께서도 고심이 이만저만이 아닙니다. 바뀐 여론의 동향을 돌린다는 게 쉬운 일은 아니기 때문입니다."

이대수 회장의 말에 박정호도 충분히 지금의 상황을 인지하고 있었다.

한일 해저터널의 성사가 지금 자리를 함께한 세 사람에게 어떤 의미인지를 말이다.

한일 해저터널 공사가 시작되면 대산그룹과 주선일보는 자금 걱정 없이 사업을 펼칠 수 있었다.

한종태 의원 또한 미쓰비시종합상사라는 든든한 자금줄이

생길 수 있었다.

"어떻게든 여론을 돌려놓아야만 합니다. 여기서 주저앉으면 자칫 대선도 흔들리게 됩니다. 어려움은 있겠지만 주선일보에서 해주셔야 합니다. 저도 당내에서 다시금 한일 해저터널에 대한 중요성을 이야기하겠습니다."

"알겠습니다. 빠른 시일 내로 한일 해저터널에 대한 기사를 준비하겠습니다. 하지만 문제는 SCS방송입니다. 가능하시다면 한 의원님께서 강 회장과 SCS방송과 미래경제신문을 총괄하는 박명준 닉스미디어 대표를 만나주십시오."

박정호 주선일보 대표가 염려하는 것은 SCS방송과 미래경제신문이었다.

요즘 들어 닉스미디어 차원에서 미래경제신문에 대한 대대적인 투자로 인해 미래경제신문의 독자가 크게 늘었다.

국내는 물론 해외 경제 관련 정보가 어느 신문사보다 빨랐다.

미래경제신문은 정치와 사회 문제보다 경제 관련 기사를 더욱 집중적으로 다루고 심층 분석했다.

그렇다고 경제에 영향을 주는 정치 문제와 국제 관계를 허투루 다루는 것도 아니었다.

"사실 강태수 회장은 저와 관계가 그다지 밀접하지가 않습니다. 제가 이야기를 한다고 해서 바뀔 인물도 아니고요. 차

라리 닉스미디어의 박명준 대표를 만나보겠습니다. 박명준이
대산그룹에 있을 때 안면이 있으니까요."

"제 생각도 그게 좋을 것 같습니다. 박명준은 보기보다 합
리적이고 정치적인 면도 있으니까요."

한종태의 말에 이대수 회장이 동감한다는 듯이 고개를 끄
덕이며 말했다.

세 사람은 30분 정도 더 이야기를 나눈 후 각자가 해야 할
일들을 진행하기로 했다.

한일 해저터널이 자신들의 운명에 지대한 영향을 준다는
것을 잘 알고 있었기 때문이다.

*   *   *

닉스미디어는 SCS방송과 미래경제신문에 투자를 진행했지
만, 인터넷 포털사이트인 콕스(COX)에도 상당한 자금을 투자
했다.

콕스는 네띠앙을 인수하여 만든 인터넷 포털 사이트였다.

국내에 진출한 야후와 반도체 장비 업체로 유명한 미래 산
업과 미국 라이코스가 손잡고 설립한 라이코스코리아가 한글
포털 서비스를 시작했다.

여기에 알타비스타, 네이버, 아이팝콘, 다음, 드림위즈 등이

국내시장을 놓고 한판 대결을 벌이고 있었다.

인터넷 시장은 점차 PC 통신에서 인터넷 포털로 넘어가는 시점이었지만, PC 통신의 성장세도 높게 평가받고 있었다.

이런 인터넷 포털과 PC 통신에서 한일 해저터널에 대한 이야기들이 뜨겁게 펼쳐지고 있었다.

—왜 굳이 쪽빠리에게 좋은 일을 합니까? 한일 해저터널이 완공되면 일본 제품을 그냥 실어 나르는 일밖에 하지 않는 거예요.

[대굴빡 님이 입장하셨습니다.]

—어쌰요(어서 오세요).

—방가(반가워요)!

—방가! 방가!

—안냐세요(안녕하세요).

—너나잘해 님 말이 맞아요. SCS방송을 보니까 한일 해저터널은 일본에만 좋더라고요.

일본「:—)」

—맞아요. 일본이 횡재한 거예요.

—한일 해저터널은 절대 하면 안 됨. 우리와 일본의 경제력 차이를 보더라도 결국에는 일본에 먹힐 수밖에 없음.

—그런데도 정치권에서는 한일 해저터널을 하자고 지랄들 하

던데요.

　—진작에 친일파들을 청산했어야 하는데. 분명히 뒷구멍을 돈 처먹은 거예요. 상식적으로 생각해도 우리가 일본에 제품을 더 많이 팔아먹겠습니까? 지금도 일본에 대한 적자가 어마어마하다는데.

　—공사비가 100조라는데 그걸 누가 조달합니까?

　—100조에서 절반은 비리로 처먹을 것임.

　—당근이지(당연하지).

　—한일 해저터널 찬성하는 정치인은 다 친일파임. 말하는 것 보면 지가 애국자인 것처럼 말함.

　—크크, 그 말이 정답!

　인터넷 게시판과 채팅방에서는 한일 해저터널에 대한 가감 없는 이야기들이 활발하게 나누어졌다.

　TV 방송과 신문사들이 주도하던 여론의 틀이 조금씩 바뀌고 있었다.

　특히나 콕스(COX)는 토론을 활성화시키는 게시판과 채팅창이 바로 연결되어 있었다.

　더욱이 실시간으로 전해지는 뉴스가 국내에만 국한되지 않아서 많은 사람들이 찾았다.

　개인 메일과 블로그를 다른 포털보다 더욱 강화해 젊은 층의 유입이 많았다.

COX는 올해 미국에 진출했고, 그 책임자가 세르게이 브린과 래리 페이지다.

26살 동갑인 두 사람은 구글의 창업자였지만, 콕스가 두 사람을 영입했다. 세르게이 브린이 야후에 먼저 제의했던 새로운 검색 방식을 콕스가 받아들였기 때문이다.

야후는 두 사람의 검색엔진에 대해 큰 반응을 보이지 않았다.

콕스의 이러한 과감한 결정에 미국의 언론들은 놀라움을 표시했다.

콕스의 검색엔진은 검색 단어가 나타난 빈도, 크기, 제목 등을 종합 평가해 관련 정보 목록을 뽑아낸다.

이 기술은 다른 검색엔진에서도 모두 사용한다.

하지만 콕스는 여기에 그치지 않고 정보들이 어느 정도 중요도를 가졌는지 평가한다.

관련 정보 목록에서 구독률이 높은 잡지에 실린 정보는 소규모 잡지에 실린 것보다 앞쪽에 나타나게 하는 것이다.

정보 중요도를 평가하는 이 기술은 VC 페이지랭크라고 불린다.

기존의 검색엔진은 중요도에 상관없이 정보가 마구 섞여

있었다.

정보의 중요도를 가려주는 검색엔진 덕분에 콕스는 야후와 알타비스타의 강력한 적수로 떠올랐다.

세기의 구글이 콕스로 이름이 바뀌어 버린 것이다.

"한종태가 다시금 한일 해저터널에 대한 이야기를 떠들고 있습니다. 주선일보와의 인터뷰에서 한일 해저터널을 진행해야만 IMF 관리 체제에서 벗어날 수 있다고 말했습니다."

"후후! 여론을 따르지 않겠다는 뜻이겠지요. 지금 한일 해저터널을 진행하면 우리에게는 족쇄와도 같은 일이 됩니다. 앞으로 5~6년만 지나면 달라질 수 있겠지만요."

김동진 비서실장의 보고에서 세지마의 초조함을 느낄 수 있었다.

이미 세지마가 대산그룹의 이대수 회장과 주선일보, 그리고 한종태 의원에게 연락을 취했다는 정보를 입수했다.

"이 나라의 국부를 팔아넘기려는 행위를 아무렇지 않게 진행한다는 것이 저로서는 믿기지 않습니다."

"욕심이지요. 모든 건 욕심에서 출발하게 되는 것입니다. 자신의 영달과 권력에 대한 욕심이 나라도 팔아먹을 수 있는 괴물로 변하게 하지요. 한종태뿐만 아니라 러시아의 옐친도, 푸틴도 그 길을 걸었으니까요."

러시아의 권력자들도 처음에는 나라와 민족을 내세웠지만, 결국 자신의 권력을 최우선으로 여겼다.

"분명히 한국이 절대적으로 손해라는 것을 SCS방송을 통해 알았을 텐데도 저러는 모습이 역겨울 정도입니다."

"조금만 참으시면 됩니다. 국민들의 의식이 깨어나고 있으니까요. 무엇이 이 나라를 위하는 정의인지를 알게 될 때, 남북한은 새롭게 태어날 것입니다. 그때 위선자들과 매국노들을 이 땅에서 사라지게 할 것입니다."

"정말이지 하루라도 빨리 그날이 왔으면 좋겠습니다."

"이번 한종태의 인터뷰는 자충수가 될 것입니다. TV 방송과 신문사가 주도하던 여론의 방향이 달라지고 있으니까요. 그리고 SCS방송에서 준비한 세 번째 한일 해저터널 방송이 나가면 아주 재미있을 것입니다."

한일 해저터널 특집 방송을 준비하는 제작팀에 코사크 정보센터와 국내정보팀이 입수한 정보를 제공했다.

세지마와 대산그룹과의 연결 고리와 함께, 주선일보에게 일본이 한일 해저터널이 성사되면 제시한 조건들을 말이다.

　한종태는 닉스하얏트에서 닉스미디어를 맡고 있는 박명준을 만났다.

　"하하하! 그동안 안녕하셨습니까?"

　"예, 잘 지내고 있습니다. 한 의원님께서도 무탈하시지요?"

　한종태 의원이 내민 손을 맞잡으며 박명준 총괄대표가 인사를 건넸다.

　"하하! 무탈하려고 했는데, 요즘 조금 그렇습니다. SCS방송이 좀 살살 해주면 좋겠는데 말입니다. 자, 앉아서 이야기하시지요."

한종태는 인사를 건넬 때부터 자신의 속마음을 드러냈다.

"하하하! SCS방송이 한 의원님 신상에 좋지 않은 보도라도 내보냈는지요?"

"제 신상보다는 우리 민한당이 적극적으로 추진하는 한일 해저터널에 대한 SCS방송의 부정적인 보도로 인해 적잖은 영향을 받았습니다. 지금의 한국 경제에 가장 필요로 하는 정책인데 말입니다."

"하하! 제가 닉스미디어를 맡고 있기는 하지만, 개별 방송 프로그램에 대해서는 저도 왈가불가할 수 없는 위치에 있습니다. 방송이라는 것이 자율성과 공정성을 부여하지 않으면 돌아가지 않기 때문입니다."

"틀린 말씀이 아닙니다. 자율성과 공정성이 없는 방송은 국민을 오도할 수 있으니까요. 문제는 SCS방송에서 내보낸 한일 해저터널에 대한 특집 방송이 그 공정성을 심하게 훼손했다는 것입니다."

"그렇게 보셨습니까? 저도 방송을 보았지만, 한쪽으로 편향된 방송은 아니었던 거로 알고 있습니다."

박명준은 한종태의 말에 차분히 대응했다.

"충분히 편향된 방송으로 보였습니다. 경제적인 측면에서 있어서 한국에게 유리한 이점들이 너무나 많은데도 일본에 유리한 것들만 너무 부각했더군요. 제가 볼 때는 한일 해저터널이야말로 침체된 한국 경제에 활력을 불어넣어 줄 수 있는 새로운 마셜플랜입니다."

한종태는 자신감 넘치는 말로 박명준의 말에 반박했다.

마셜플랜은 제2차세계대전 후 미국이 전쟁의 피해가 컸던 서유럽 16개국에 행한 대외 원조 계획으로 당시 미 국무장관 조지 마셜의 이름에서 따왔다.

마셜플랜을 통해 경제적 불안정이 심화되고 있던 서유럽 경제를 재건시켜 유럽을 소련과 공산주의의 팽창으로부터 보호하려고 했다.

"물론, 한국 경제에 도움이 안 된다는 것은 아닙니다. 문제가 되는 것은 완공 후에 자칫 일본 경제에 한국 경제가 더욱 예속될 수 있다는 점 때문입니다. 아직 한국이 일본의 기술력과 상품력을 따라가려면 시간이 필요하니까요."

"하하! 이게 한국의 문제점입니다. 부닥쳐 보지도 않고서 지레짐작으로 할 수 없다는 패배 의식이 아직도 만연하고 있습니다. 일본은 두려운 존재가 아니라 넘어서야 할 국가입니다. 우리 국민은 어려운 환경에서 더욱 빛을 발하는 민족성을 가지고 있습니다. 일본이 자랑하던 반도체를 보더라도 이젠 대한민국이 명실상부한 1위 국가가 아닙니까? 부닥치고 도전하지 않았다면 이룰 수 없었던 일입니다."

한종태는 일장 연설을 하듯이 강한 톤으로 이야기했다.

웬만한 사람이라면 그의 말에 넘어갈 수 있을 정도의 설득력을 갖춘 말이었다.

"틀린 말씀이 아닙니다. 우리 민족은 저력이 넘쳐나는 민족입니다. 하지만 현실과 이상은 상당한 괴리가 있습니다. 현재의 시점에서 한국과 일본의 경제력과 기술력의 차이는 그 누구도 부인할 수 없는 일입니다. 일본은 이미 제2차 세계대전 때 항공모함과 전투기를 자체적으로 만들었던 국가였습니다. 일본이 가진 정밀 기술과 기초 소재 분야는 아직 우리가 넘을 수 없는 산과 같은 것입니다. 전 세계에 팔려 나가는 양 국가의 경쟁 제품을 보더라도 일본이 월등히 높은 제조 기술력과 디자인을 바탕으로 더 많은 제품을 팔고 있습니다. 다행히도 일본 엔화의 강세가 유지되어 그 차이를 메워주는 덕분에 한국의 수출이 늘어나고는 있지만요. 한일 해저터널이 완공되면 이러한 일본 제품들이 물밀 듯 한국은 물론이고, 유럽으로 건너갈 것입니다."

박명준 대표는 한종태의 말에 논리정연하게 반박했다.

그는 정보 통신, 제약 그리고 매스미디어 사업을 맡으면서 전 세계를 돌아다녔고, 그와 관련된 기업가와 전문가들을 수시로 만났던 경영자였다.

이러한 경험과 만남을 통해서 한국과 일본의 격차를 충분히 알고 있었다.

"하하하! 좋은 말씀입니다. 박 대표께서 말한 것처럼 일본과의 격차는 물론 존재합니다. 하지만 지금은 눈앞에 닥친 현실을 봐야 합니다. 한국은 지금 외환 위기를 거쳐 IMF 관리 체제 아래에 놓여 있는 상황입니다. 이 어려운 경제 환경을 타개하기 위해서 지금 당장 해야 할 일은 일자리 창출입니다. 대마불사라 여겨졌던 대기업과 은행들이 망하면서 수많은 사람들이 직장을 잃고 대책 없이 거리로 나왔습니다. 이들은 한 집안의 가장이기도 하고 미래의 가정을 꾸릴 사람들이기도 합니다. 이들에게 직장을 주기 위해서는 한일 해저터널만 한 것이 없습니다. 자그마치 100조 원에 달하는 단군 이래 최대 공사입니다. 여기에 들어가는 공사 인력들만 수십만 명이 필요로 합니다. 단기간에 수십만 명의 일자리가 창출되는 것입니다. 여기에 근로자들이 받는 월급과 막대한 공사 대금이 시중에 풀리면서 경기까지 활성화시킬 수 있습니다."

한종태 의원은 박명준의 말에도 물러나지 않았다.

그의 말이 틀린 이야기는 아니었다.

단기간에 수많은 일자리를 창출할 수 있는 것은 건설 경기의 활성화였다.

경기 불황을 겪고 있는 일본도 전국적으로 건설 경기를 일으켜 경기 후퇴를 막고자 노력 중이었다.

"맞는 말씀입니다. 중·단기적으로는 대규모 건설 경기가 일자리 창출과 경기 활성화에 도움이 됩니다. 문제는 건설 경기와 한일 해저터널은 다른 관점에서 보아야 합니다. 일본의 자금으로 건설된 한일 해저터널을 과연 누가 관리하게 되는 것입니까?"

"하하하! 일본 자금이 들어가는 것은 50%뿐입니다. 당연히 한일 양국이 반반씩 관리하게 되겠지요."

박명준 대표의 말에 한종태는 별일 아니라는 말투로 답했다.

"제가 알고 있기로는 한국 측 공사 담당이 유력한 대산건설에 일본이 자금을 지원한다고 들었습니다. 더구나 100조 원에 달하는 공사 대금 중 50%를 지금의 경제 상황에서 한국 측이 감당할 수 있겠습니까? 올해 국가 예산이 86조 7천억 원인데, 50조 원을 조달할 방법이 없습니다."

"100조 원의 자금이 한꺼번에 들어가는 공사가 아닙니다. 더구나 10년 이상이 걸리는 공사이기 때문에 순차적으로 자금 집행을 진행하면 됩니다. 안 되면 정부 채권을 발행해서 공사 대금을 마련할 수 있습니다. 그리고 일본 자금을 받아들이는 데 있어서 너무 색안경을 끼고 바라보지 않아도 됩니다. 협상 과정에서 충분히 안전장치를 마련할 수 있기 때문입니다. 한국 경제를 즉각적으로 살릴 길이 바로 보이는데, 굳이 뱅뱅 돌아갈 필요성은 없습니다. 나락으로 떨어진 경제를 살리는

데 있어, 나쁜 돈과 좋은 돈을 가릴 때가 아닙니다."

한종태의 생각은 확고해 보였다.

박명준 대표가 어떠한 말을 하더라도 한종태의 생각은 바뀌지 않을 것이 분명했다.

'이 정도로 꽉 막힌 인물은 아니었는데……. 더는 이야기해 봤자 입만 아프겠군.'

"한 의원님의 생각은 충분히 알겠습니다."

"제 생각이 전달되었다면 이 나라 경제 발전을 위해서도 SCS방송에서 지금보다 건설적인 방송을 내보냈으면 합니다. 저나 박 대표께서도 이 나라를 위하고자 하는 것이 아닙니까?"

"흠, 충분히 한 의원님의 말씀을 고려하도록 노력하겠습니다."

"하하하! 그리 말해주시니 감사합니다. 박 대표께서도 앞으로 정치를 하셔야지요. 우리 당에 오시면 언제든지 박 대표님의 자리는 제가 만들어 드리겠습니다."

"말씀만으로도 감사합니다."

박명준의 말에 한종태는 크게 웃으며 말했다.

한종태는 박명준이 충분히 자신의 말을 알아들은 것으로 이해했다.

＊　　　　＊　　　　＊

한종태 의원은 박명준 닉스미디어 총괄대표를 만난 이후 더욱더 한일 해저터널에 대한 필요성을 강조하는 발언을 했다.

각종 대담과 언론과의 인터뷰에서 한국 경제의 활력을 불어넣기 위해서는 한일 해저터널만 한 프로젝트가 없다는 말을 떠들었다.

주선일보 또한 사설과 함께 한종태 의원을 따르는 인물들과 대산그룹의 이대수 회장의 인터뷰를 연달아 실으며 한일 해저터널의 필요성을 강조했다.

하지만 인터넷과 PC 통신 등의 공간에서는 한일 해저터널의 부정적인 기류가 변하지 않았다.

그러는 와중에 SCS방송에서 한일 해저터널의 이면에 깔린 정치와 경제에 관련된 숨은 이야기를 방영했다.

"일본의 정·재계에 막대한 영향력을 행사하는 세지마 류조 고문이 한국을 방문하면서부터 한일 해저터널에 대한 이야기가 본격적으로 논의되었다고 합니다."

"세지마 류조는 한국에는 지한파로 알려져 있지 않습니까?"

노선우 진행자가 취재를 담당했던 양승원 기자에게 물었다.

"예, 국내에 기업들과 정치 관계자들과도 상당한 친분이 있는 거로 알고 있습니다."

"그렇다면 세지마가 그런 친분을 동원해서 한일 해저터널에 대한 당위성을 전달했을 수도 있겠습니다."

"예, 저희가 취재한 바로는 현재 한일 해저터널이 진행하게 되면 이익을 볼 수 있는 회사들과의 만남이 중점적으로 이루어졌습니다. 특히나 한일 해저터널의 한국 구간을 담당할 것이라고 알려진 대산그룹과는……."

양승원 기자는 대산그룹과 일본의 도쿄 미쓰비시은행 간의 이상한 거래에 대해서 말을 이었다.

통상적인 대출이 아니라는 말이었다.

"국내에서 동원할 수 있는 자금으로는 공사를 진행할 수 없다는 말이군요?"

"예, 들어가는 공사비가 너무 엄청나기 때문입니다. 올 한 해 우리나라 정부예산이 86조 7천2백억 원입니다. 더구나 공사비가 예상보다 더 크게 들어갈 수 있는 부분도 있습니다."

"정말, 엄청나군요. 그런데 100조 원보다 더 들어갈 수 있다는 거군요?"

"예, 영불해저터널에서도 예상했던 공사비보다 더 많은 공사비가 들어갔었습니다. 더구나 문제는 100조 원에 달하는 공사비 대부분이 일본에서 조달된다는 점입니다."

"국내 자금이 들어가지 않는다고 하면 한일 해저터널이 완공된 순간부터 일본에서 빌려온 돈을 갚아야 하지 않습니까?"

"예, 그게 문제가 됩니다. 저희가 조사한 바로는 국내에서 투입되는 자금은 최대로 잡아도 15조 원이 되지 않습니다. 85조 원을 갚으려면 얼마나 걸릴지 아무도 알 수 없습니다."

"5조 원씩 갚는다 해도 17년이 걸리네요. 여기에 이자가 붙는다면… 어휴! 감당이 안 되겠습니다."

"예, 말씀하신 대로 매년 5조 원의 원금을 갚을 수 있느냐도 문제입니다. 여기에 한일 해저터널이 완공된다고 해도 매년 관리비가 들어가게 됩니다. 과연 원금과 이자를 감당할 만큼의 이익이 한일 해저터널에서 나올 수 있느냐도 생각해 볼 문제입니다."

"여러 가지로 생각하게 만드는 말입니다. 여기서 여러분께 충격적인 장면이 담긴 영상을 보내 드리겠습니다. 한일 해저터널 관련된 일본의 로비가 얼마나 철저하게 진행되는지에 관한 영상입니다."

노선우 진행자의 말이 끝나자마자 문제의 영상이 화면에 나왔다.

영상 속에는 빌딩의 지하 주차장으로 보이는 곳에 한 사내가 대형 승용차 뒤 트렁크에 사과 박스를 여러 번 나누어서 싣는 모습이 나왔다.

그때 바닥에 놓인 마지막 사과 박스를 싣다가 실수로 바닥에 떨어뜨렸다.

그 순간 상자가 열리면서 만 원짜리 지폐 뭉치들이 바닥에 떨어졌다.

사내는 당황하면서 재빨리 바닥에 떨어진 돈 뭉치들을 사과 박스에 주워 담았고, 그 모습을 목격한 책임자로 보이는 인물이 실수한 사내의 따귀를 때리는 모습이 이어졌다.

그리고 사과 박스 상자를 모두 실은 두 대의 검은색 승용차가 빠르게 주차장을 빠져나갔고, 카메라는 계속해서 사과 박스를 실은 차량을 추적했다.

두 승용차 중 한 대는 한남동에 자리 잡고 있는 민주한국당 국회의원인 정삼재 의원의 집으로 들어갔다.

정삼재 의원은 한종태 의원의 최측근이었다.

또 다른 승용차는 민주한국당의 당사가 있는 여의도의 승리빌딩 주차장으로 들어가는 모습이 카메라에 잡혔다.

승리빌딩은 민주한국당이 전체를 쓰고 있었다.

*　　　　　*　　　　　*

다음 날 월요일에 신문사들은 SCS방송이 보도한 내용에 대해 설왕설래(說往說來)했다.

방송에 나온 내용이 사실인지에 대한 확신이 들지 않은 신문사들은 SCS방송에 대한 여론을 지켜보며 짧게 보도했다.

이번 일은 원자폭탄과 맞먹는 정치적 파장을 불러올 수 있었기 때문이다.

하지만 미래경제신문의 특종 보도로 인해 모든 것이 확연해졌다.

민주한국당의 당사로 사용하고 있는 승리빌딩 맞은편 옥상에서 망원렌즈로 찍은 것 같은 세 장의 사진 때문이었다.

사진에는 승리빌딩 주차장으로 들어갔던 승용차에 실린 사과 박스를 민한당의 이영준 의원이 머무는 방으로 배달하는 모습이 찍혔다.

창문이 열려 있지 않았지만 블라인드가 위로 올라가 있는 관계로 방 안이 훤히 보였고, 방 안에는 이영준 의원 혼자뿐이었다.

이영준 의원은 자정이 가까운 늦은 밤, 혼자 방 안에 남아 있었다.

사과 박스를 인계받은 이영준 의원은 사내들이 방 안을 나가자마자 박스 안을 열어 확인했다.

사과 박스에는 만 원짜리를 묶은 돈 뭉치가 빼곡히 들어 있었다.

방으로 배달된 사과 박스는 네 상자였고, 그중 한 박스에는 수표 다발로 보이는 뭉치들도 보였다.

이영준은 네 개의 사과 박스를 모두 확인한 후에 금고로 보이는 물체가 있는 쪽으로 사과 박스를 옮겼다.

금고에 돈을 옮겨 넣었는지는 블라인드가 내려진 창가 쪽에 자리 잡고 있어 확인할 수가 없었다.

하지만 사진에는 사과 박스 안 돈 뭉치가 확연히 드러났다.

미래경제신문의 특종 보도가 나가자마자 주저하던 신문사들이 일제히 정삼재 최고의원과 민주한국당에 배달된 사과 박스에 대해 보도하기 시작했다.

민주한국당 당사와 정삼재 의원의 집 주변에는 수많은 기자들로 북새통을 이루고 있었다.

"허! 이거 순 날강도들이었네."

"어쩐지! 민한당에서 줄기차게 한일 해저터널을 주장했잖아. 그게 다 이유가 있었어."

"친일파들이 나라를 또 팔아먹으려고 한 거야. 이대로 놔두면 절대 안 돼."

서울역에서 기차를 기다리던 사람들은 TV에서 흘러나오는 뉴스와 신문 내용에 격분했다.

사람들의 손마다 이번 사과 박스 사건을 자세히 다룬 미래 경제신문을 들고 있었다.

*   *   *

쾅!

"어떻게 해결할 거야?"

극도로 화가 난 한종태 의원은 들고 있던 서류 가방을 책상에 내던지며 말했다.

지금까지 한종태 의원이 이렇게 화를 낸 적이 없었다.

"……"

대책 회의에 참석한 인물들 모두 꿀 먹은 벙어리처럼 회의실 천장만 바라보고 있었다.

"지금 이 사태를 해결하지 못하면 총선이고 나발이고, 다 끝난 거라고!"

"사과 박스에 대한 해명부터 해야 할 것 같습니다. 지금 당사는 물론이고 지역구마다 성난 시민들의 전화로 불이 나고 있습니다."

한종태의 측근 중 하나인 박인영 의원이 다급하게 말했다.

"뭐라고 말할 건데?"

이성을 잃은 한종태 의원은 자신보다 두 살이 더 많은 박인영 의원에게도 서슴없이 반말을 던졌다.

"어떻겠든 해결책을 제시해야만 합니다. 사과 박스를 받은 정삼재 의원이나 이영준 의원이 책임을 지는 상황이 오더라도 말입니다. 빨리 수습하지 않으면 자칫 민한당의 존립 자체도 불투명해질 수 있습니다."

최홍기 의원이 꼬리 자르기를 해야 한다는 말을 했다.

방 안에 모인 인물들 모두가 한종태를 따르는 의원들이었다.

"가슴 아픈 일이지만, 저도 최 의원의 말이 맞다고 생각됩니다. 당사자들이 해결하지 않으면 당 전체로 문제가 번져갈 수 있습니다."

조상규 의원이 최홍기 의원의 말에 동조하며 말했다.

하지만 문제는 정삼재 의원과 이영준 의원은 모두 한종태의 지시로 사과 박스를 대신 받은 것이었다.

두 사람 다 한종태가 죽으라면 죽는시늉까지 할 수 있는 인물들이다.

그런 최측근을 꼬리 자르듯 토사구팽 한다면 한종태 또한 무사하지 못할 수도 있었다. ·

쾅!

"이 양반들아! 지금 두 사람이 수사기관에 조사를 받으면 당신들도 다 걸려들어 가는 거야! 당신들 선거 자금이 다 어디서 나왔는지 알아?"

한종태는 화를 참지 못하고 다시금 주먹으로 회의 탁자를 내려치며 말했다.

한종태 의원을 따르는 인물들 모두 그에게서 국회의원 선거 자금을 지원받았다.

"지금은 흥분해서 일을 처리할 때가 아닙니다. 이번 일로 인해 안성훈 원내대표가 가만있지 않을 것입니다. 잘못하면 당이 쪼개질 수도 있습니다."

초선인 김재일 의원의 말이었다.

미국 예일대에서 경제학 박사를 받고 뉴욕대에서 교수를 생활하다가 온 인물이다.

민한당에서 정책적으로 참신한 인물로서 끌어들였다.

"맞습니다. 보궐선거 공천 문제로 안성훈 원내대표가 이를 갈고 있으니까요."

올해 치러진 보궐선거에서 한종태 의원이 자신의 사람을 내세웠지만, 선거에서 패배하고 말았다.

문제는 이미 안성훈 후보 측 인물로 후보가 정해진 상황에서 한종태가 억지로 후보를 바꿔 버린 것이다.

그 일로 인해 한종태와 안성훈은 더욱 물과 기름 같은 관계가 되어버렸다.

"후! 누구 하나 도움이 되는 인간이 없으니……."

한종태는 긴 한숨을 내쉬며 의자에 깊숙이 기대었다.

지금 상황에서 뚜렷한 해결책이 보이지 않는 것이 가장 큰 문제였다.

김재일 의원의 말처럼 안성훈 원내대표가 계파 의원들을 데리고 분당한다면, 내년 총선은 물론 향후 대선에서도 승리를 보장할 수 없었다.

최악에는 민한당의 중도우파 성향의 의원들도 안성훈을 따라나설 수도 있었다.

'당이 쪼개지면 모든 것이 끝이야. 그렇다고 정삼재와 이영준을 버릴 수도 없는 상황인데…….'

정삼재 의원은 한종태의 자금을 관리하고 있었다.

한종태가 다시금 한국으로 돌아오면서 여러 루트로 받은 불법 정치 후원금과 뇌물이 늘어나자 혼자서 관리할 수 있는 금액의 범위를 넘어버렸다.

금액이 커지면 위험부담도 커지기 때문에 금액을 나누어서 관리하기로 한 것이다.

"제가 드릴 말씀이 있습니다."

김재일 의원이 손으로 뒷목을 잡고 있는 한종태를 보며 말했다.

"말해요."

"다른 의원님께 죄송하지만, 조용히 말씀드리고 싶습니다."

김재일은 회의에 참석한 의원들에게 양해를 구했다.

"무슨 말인데?"

한종태는 무척이나 피곤한 표정으로 말했다. 굳이 단둘이 이야기할 필요성이 없다는 말투였다.

"이번 일과 연관된 것입니다."

"중요한 일입니까?"

"예."

"그럼, 잠시만 김 의원과 이야기를 나누겠습니다."

김재일이 독대를 원하는 것이 이유가 있다고 생각한 한종태가 입을 열었다.

한종태의 말에 다른 의원들이 밝지 않은 표정으로 회의실 밖으로 나갔다.

"말해봐요."

"이번 사태는 누군가에 의해 계획된 일인 것 같습니다."

"내가 지금 그걸 듣자고 의원들을 내보냈습니까?"

김재일 의원의 말에 한종태는 짜증 섞인 말을 던졌다.

누구나가 다 아는 일이기 때문이다.

미쓰비시상사에서 한종태에게 불법 정치 후원금을 건네주는 날짜와 장소, 그리고 시간까지 정확하게 알고서 촬영을 한 것이다.

"일이 터진 상황에서 누군가는 희생양이 되어야만 합니다.

SCS방송과 미래경제신문에 실린 보도와 기사 내용을 보면 정삼재 의원 댁으로 차가 들어간 것뿐이었습니다. 그 차에서 사과 박스가 내려졌는지는 당사자 외에는 아무도 모릅니다. 문제는 이영준 의원이 사과 박스를 열어보는 장면이 사진에 찍힌 것입니다. 그 장면만 아니었다면 이영준 의원도 잘못 배달된 사과 박스를 받았을 뿐이라고 잡아떼면 되었을 것입니다. 그리고 수사기관의 수사가 들어가면 사과 박스를 배달한 인물들을 추적할 것입니다. 그들이 입을 열면 아주 곤란해질 것이 분명합니다. 한 의원님께서 이영준 의원을 설득해서……."

김재일 의원은 한종태의 말에 상관없이 말을 이어갔다.

그런 김재일의 이야기에 한종태는 점점 몰입하기 시작했다.

이번 사건을 잘 수습할 수 있는 핵심을 이야기하고 있었기 때문이다.

Chapter 3

서울 외곽에 있는 한 모텔에 투숙한 이영준 의원은 핸드폰을 계속해서 만지작거리고 있었다.

사건이 터지자마자 피신하라는 말을 듣고 무작정 사람들이 없는 곳을 찾아서 모텔까지 온 것이다.

띠리릭! 띠리릭!

기다리던 전화가 오자 이영준은 재빨리 핸드폰을 받았다.

"여보세요?"

─주변에 아무도 없습니까?

정삼재 의원의 전화였다.

"예, 저 혼자입니다."

　—일이 점점 커지고 있습니다. 당에서 어떻게든 수습해 보려 했는데, 사태가 어려워졌습니다.

"저는 시키는 대로 했을 뿐입니다."

　—물론, 이 의원님을 탓하는 것이 아닙니다. 저도 지금 죽을 맛입니다. 하지만 사태를 빨리 수습해야지 않겠습니까?

"해결해야겠지요."

　이영준 의원은 힘없는 목소리로 답했다.

　—그래서 드리는 말씀인데, 이 의원님께서 총대를 메십시오. 나머지는 저희가 알아서 해결하겠습니다.

"저 혼자서 다 뒤집어쓰란 말씀입니까?"

　—대의를 위해서입니다. 다시금 이 의원님이 민한당으로 돌아올 수 있게끔 모든 조치를 취할 것입니다.

"왜 저만 총대를 메야 합니까?"

　—수습할 사람이 필요하잖습니까. 저까지 들어가면 민한당은 끝입니다. 그리되면 한 의원님도 무사하지 못하십니다. 그렇게 되길 원하시는 것입니까?

　정삼재 의원은 이영준 의원을 어르고 달랬다.

　지금 당내 수습 방안은 이영준 의원에게 모든 책임을 지게 하고서 사태를 빨리 끝내자는 쪽이었다.

정삼재 의원은 이미 기자회견을 자청해서 사과 박스를 실었던 차량이 집으로 들어올 때, 자신과 가족들은 집에 없었다고 발표했다.

집에서 일하는 가정부가 잘못 알고서 주차장 문을 열어준 것뿐이라는 해명을 했다.

집을 잘못 찾은 차량은 곧바로 떠났다는 말을 덧붙였다.

"정말 다른 방법이 없겠습니까?"

―사진이 문제입니다. 이 의원께서 사과 박스만 열어보지 않았다면 문제가 쉽게 해결될 수도 있었습니다.

"정확하게 하기 위해서였습니다."

―이 의원님이 잘못했다고 하는 말이 아닙니다. 사태를 해결하기 위해서는 어쩔 수 없는 선택입니다. 이 의원님의 희생으로 저를 비롯한 한 의원님까지 살리는 것입니다. 분명히 말씀드리지만, 이 의원님을 절대로 혼자 두지 않습니다. 제가 최선을 다해서 도와드릴 것입니다.

"후! 생각할 시간을 주십시오. 저도 생각을 정리할 시간이 필요할 것 같습니다."

―예, 그렇게 하십시오. 1시간 후에 다시 연락하겠습니다. 이번 위기만 잘 넘기면 한 의원님이 대권에 올라설 수 있습니다. 그때가 되면 분명히 이 의원님을 크게 중용하실 것입니다. 이건 제 말이 아니라 한 의원님의 말씀이었습니다.

"예, 무슨 말인지 알겠습니다."

―그럼, 훌륭한 결단을 기다리겠습니다.

띠릭!

"후! 혼자 죽으라는 건데……."

핸드폰을 끊자마자 이영준 의원은 긴 한숨을 내쉬었다.

그는 앞에 있는 소주병을 집어 들었다.

이미 빈병이 세 개나 방 안에 굴러다녔다.

하지만 정삼재 의원의 말처럼 빼도 박도 못하는 상황이었다.

누군가가 희생하지 않으면 모든 판이 깨지는 상황으로 흘러갈 것이 분명했다.

*   *   *

"정삼재 의원은 예상했던 대로 발뺌을 했고, 이영준 의원은 지금 어디에 있습니까?"

국내 정보팀을 맡고 있는 김충범 실장에게 물었다.

"서오릉 근처의 모텔에 투숙하고 있습니다. 요원들이 감시 중입니다. 현재까지 특별한 움직임은 없는 상태입니다."

"수사기관의 움직임은 어떻습니까?"

"SCS방송과 미래경제신문에서 건네준 자료를 검토 중이라는 발표만 했습니다. 내부에서도 상황을 심각하게 보고 있는 것 같습니다."

김동진 비서실장의 말이었다.

"잘못하면 민한당의 존립도 위태로울 수 있는 일이니까요. 한종태가 이번에는 어떻게 빠져나갈지가 궁금합니다."

이번 사과 박스 배달의 몸통은 한종태 의원이었다.

지금까지 한종태는 직접 뇌물이나 정치자금 후원을 받지 않았다.

대부분 자신의 측근 의원을 통해서 자금을 받아 관리했다.

그 때문에 돈과 관련된 문제에서 한종태는 깨끗한 정치인 이라는 이미지를 갖고 있었다.

"이번에는 쉽지 않을 것입니다. 이영준 의원이 사실을 있는 그대로 이야기해 준다면 한종태의 정치 생명은 곧바로 끝이 날 것입니다."

"흠, 이영준이 그대로 안고 갈 수 없도록 해야 합니다. 돈을 배달해 준 인물들은 찾고 있습니까?"

"예, 추적 중입니다. 오늘내일 중으로 위치가 파악될 것입니다."

김충범 실장이 자신 있게 말했다.

"이번이야말로 이 땅에서 매국노들과 친일 정치인을 몰아낼 수 있는 절호의 기회입니다. 절대로 놓칠 수도, 놓쳐서도 안 되는 일입니다."

"예, 반드시 그렇게 만들겠습니다."

"절대로 실망시켜 드리지 않겠습니다."

내 말에 김동진 비서실장과 김충범 실장이 고개를 끄떡이
며 굳은 결의를 표했다.

＊　　　　＊　　　　＊

여당은 민주한국당의 받은 사과 박스에 대해 연일 공세를
펼쳤다.

민한당은 악수였지만 여당에게 있어서는 내년 총선에 유리
한 고지에 올라서기 위한 절호의 기회였다.

언론사들도 특종 보도를 SCS방송과 미래경제신문에 빼앗
겨서인지 민주한국당에 전달된 사과 박스의 정체에 대해 연일
보도하기 바빴다.

과연 누가 무슨 목적으로 보냈는지에 대해서도 다양한 의
견들이 제시되었다.

언론에서 사과 박스가 사라지길 기대하던 민한당은 취재진
에 등쌀에 피로감을 호소할 정도였다.

이와 함께 사과 박스를 받았던 이영준 의원의 행방을 찾기
위해 TV 방송과 신문사의 기자들은 전국을 이 잡듯 뒤지고

있었다.

이영준 의원의 행방을 알려주는 사람에게는 1천만 원의 사례를 하겠다는 신문사가 나올 정도였다.

하지만 사건이 발생한 지 일주일이 다 돼가도록 이영준 의원의 행방은 묘연했다.

"어떻게 된 일입니까?"

"죄송합니다. 갑자기 이 의원과 연락이 되지 않고 있습니다."

한종태 의원에 말에 연락을 담당했던 정삼재 의원이 난감한 표정으로 말했다.

"아니! 연락이 되지 않다니요? 이 의원의 동선을 확실하게 관리하고 있다고 했잖습니까?"

"그게… 그제까지 연락이 되었는데, 어제부터 핸드폰이 꺼져 있습니다."

"어디에 머무는지 알지 못했습니까?"

"예, 저에게도 말해주지 않았습니다."

"이 의원의 신변이 잘못된 것은 아닙니까?"

한종태 의원은 차라리 그랬으면 하는 심정이었다.

"힘든 기색은 보였지만, 극단적인 생각을 할 정도는 아니었습니다."

"지금 뭐 하나 잘못되면 정 의원은 물론이고, 저도 끝입니다. 수단 방법을 가리지 말고, 이 의원과 연락할 방법을 찾으세요."

"예, 방법을 모색하겠습니다."

"방법이고 뭐건 간에 무조건 찾으세요. 아니면 다 죽습니다."

한종태는 정삼재 의원에게 협박하듯이 말했다.

한종태의 정치 생명이 달린 문제였고, 그건 정삼재 의원도 마찬가지였다.

＊　　　　＊　　　　＊

닉스하얏트 VIP룸에는 전 국민의 관심과 전 언론사의 기자들이 찾고 있는 이영준 의원이 투숙하고 있었다.

서오릉 근처 모텔을 전전하던 때와는 전혀 다르게 이영준 의원의 모습은 한결 말끔해졌다.

매일 소주를 매끼 식사 대용으로 마셨던 때와는 전혀 다른 모습이었다.

"편히 잘 지내셨습니까?"

"예, 회장님 덕분에 편하게 지내고 있습니다. 도움을 주셔서 정말 감사드립니다."

"모든 걸 떠나서 건강이 우선입니다. 건강을 잃으면 돈과 권력도 다 무상한 것입니다."

"저도 요즘 그걸 뼈저리게 느끼고 있습니다. 인생무상이라는 말이 괜히 생긴 게 아닌 것 같습니다."

이영준 의원은 일주일간 자신이 평생 겪어보지 못한 극심한 스트레스와 두려움을 겪었다.

정삼재 의원과의 통화 중에 받은 압박과 중압감으로 인해서 극단적인 생각마저 떠올랐다.

모텔을 찾았을 때 이미 상당량의 수면제를 가지고 있었다.

"예, 맞는 말씀이십니다. 지나고 나면 별것도 아닌데도 작은 일에 죽자 살자 달려들면서 서로를 물어뜯으려고 하니까요. 순리대로 문제를 해결할 생각은 하지 않고 말입니다. 생각은 좀 정리가 되셨습니까?"

"예, 회장님이 말씀하신 대로 하겠습니다. 그것이 이 나라와 국민에게 잘못한 것에 대한 속죄가 될 것 같습니다. 그리고 이건 그동안 한종태 의원이 받았던 불법 정치자금의 내역이 적힌 장부입니다. 여기에 적힌 내용은 제가 적어놓은 것입니다. 정확한 자금 내역은 정삼재 의원만이 알고 있습니다."

이영준 의원은 자신이 가지고 다니던 가방에서 불법 정치자금 내역이 적힌 장부를 꺼내놓았다.

만약의 사태를 위해 신변 안전장치로 준비한 장부였다.

"훌륭한 결정을 하셨습니다. 이 나라가 바로 서기 위해서는 정치인들의 의식이 바뀌지 않으면 안 됩니다. 더구나 일본의 이익을 대변하는 정치인들은 이 나라에서 절대 필요치 않습니다."

"회장님께서 알려주신 정보를 알지 못했다면 저도 변함없이 같은 길을 걸어갔을 것입니다. 그리고 제 목숨을 살려주신 은혜는 절대 잊지 않겠습니다."

이영준 의원은 머물던 모텔에서 이동하려는 도중 주차장에서 괴한들에게 피습을 당했다.

그때 이영준을 감시하던 국내 정보팀이 이영준을 구해냈다.

이영준 의원을 피습했던 인물들은 한종태 의원의 사주를 받은 일본의 야쿠자였다.

이영준 의원과 정삼재 의원에게 사과 박스를 전달한 인물들도 야쿠자였다.

"이 의원님의 가족들도 저희가 보호하고 있으니, 안심하십시오."

"회장님만 믿고 의지하겠습니다. 다시 한번 감사드립니다."

이영준 의원은 고개를 숙이며 진심으로 감사함을 표했다. 그가 마음을 돌린 결정적 이유는 주군으로 모신 한종태 의원의 배신 때문이었다.

이영준 의원이 한종태의 뜻대로 움직이지 않으려고 하자 납치를 지시한 것이다.

한종태는 이영준 의원에게 모든 일을 뒤집어쓰든지 아니면 중국으로 밀항하라고 지시했다.

만약 주차장에서 납치되었다면 온전하지 못했으리라는 것을 이영준 자신도 잘 알았다.

사과 박스의 핵심 인물인 이영준 의원이 사라진다면 한종태에게까지 불똥이 넘어오지 않을 것이기 때문이다.

*   *   *

한종태는 자신의 서재에서 계속해서 안절부절못하고 서성거렸다.

경찰에서 사과 박스 배달에 대한 본격적인 조사를 진행된다는 소식과 함께 검찰에서도 이 사태를 예의 주시하겠다고 했기 때문이다.

어쩌면 이미 검찰에 수사팀이 꾸려지고 있을 수도 있었다.

자신이 알고 있는 여러 루트를 통해서 수사에 대한 소식을 접하려고 노력 중이었다.

다른 것을 다 떠나서 문제는 이영준 의원의 행방이었다.

"바보 같은 놈들! 실수를 두 번이나 저지르다니……"

이영준을 납치하려던 팀의 실패 소식을 뒤늦게 접한 한종태는 사태가 심각하다는 것을 인지하고 있었다.

"납치팀도 행방이 묘연하다는 것이 문제입니다. 잘못하면 일이 더 커질 수도 있겠습니다."

한종태를 그림자처럼 수행하는 김성범 비서관의 말이었다.

"배달팀도 사라지고, 납치팀도 행방불명이라는 것이 더 문제입니다."

또 다른 수행 비서인 정해구 비서관의 말이었다.

김성범과 정해구는 한종태의 그림자들이다.

"뭔가 크게 잘못돼 가고 있어. 이영준은 아직도 찾지 못한 거야?"

"최선을 다하고 있습니다. 차 경감이 찾는 대로 연락을 해주기로 했습니다."

차정훈 경감은 한종태에게 끈을 대고 있는 경찰 쪽 인물이었다.

"절대로 나와 연관 짓게 해서는 안 돼. 검찰 쪽도 미리 손을 써둬."

"예, 최선을 다하겠습니다."

"최선으로는 부족해. 무조건 해야 하는 일이야."

김성범의 말에 한종태는 다시 한번 강하게 말했다.

"알겠습니다."

김성범이 서재를 나가자 정해구에게 의미심장한 말을 던졌다.

"흑천은 정말 괴멸된 거야?"

"제가 알고 있는 방법으로 연락을 취했지만, 형제들에게서 전혀 소식이 없습니다."

정해구는 흑천에 속했던 인물이었다.

"흠, 이럴 때 암살 조직이 필요한데 말이야."

"지난 대선 이후부터 국내에서 활동하던 암살 조직은 모두 사라졌습니다. 지금은 중국과 일본에 의뢰하는 수밖에는 없습니다."

"일본 놈들은 일 처리가 너무 서툴러. 두 번이나 실수를 저질렀잖아. 혹시 모르니까, 중국 쪽을 알아봐."

"예."

정해구가 대답한 후 서재를 나갔다.

정해구까지 서재를 나가자 한종태는 자신의 책상 서랍에서 파일 하나를 꺼내 들었다.

"후! 이것까지 쓰게 되지는 않겠지."

한종태는 서류철을 내려다보며 짧은 한숨을 쉬었다.

Chapter 4

여론은 점점 더 민주한국당에 불리하게 전개되어 갔다.

정삼재 의원의 변명하는 듯한 발표가 오히려 불타오르는 민심에 기름을 부은 꼴이 되었다.

정삼재 의원은 가족과 함께 여행을 갔다고 발표했지만, 그날 집에 머물렀다는 증거를 미래경제신문에서 제시했다.

정삼재 의원을 집까지 데려다준 운전기사의 인터뷰가 실렸기 때문이다.

이와 함께 사과 박스가 배달된 날, 수행 비서의 일정이 담긴 수첩 내용이 고스란히 신문에 실렸다.

정삼재 의원의 발표와 달리 수행 비서의 일정에는 여행을 떠났다는 내용이 없었다.

쨍그랑!

"이 새끼가! 뒤통수를 쳐!"

책상 뒤편에 있던 난을 벽에 집어 던진 정삼재 의원이 소리쳤다.

15개월간 정삼재 의원의 운전기사를 했던 박준용은 며칠 전 건강상의 이유로 사표를 제출했다.

실제로 박준용은 병원에서 암 진단을 받았다.

"박준용이 입원했던 병원에서 퇴원했다고 합니다."

핸드폰으로 통화를 하고 있던 최국현 비서관이 다급하게 말했다.

"개새끼가 완전히 날 물을 먹이려고 작정을 했어! 일정표는 어떻게 된 거야?"

화가 머리끝까지 난 정삼재 의원은 소리를 질렀다.

"며칠 이 비서관이 가방을 분실했다고 했습니다. 별일 아니라고 생각했는데, 이런 일이 벌어질지 몰랐습니다."

최국현 비서관이 당황스러운 표정으로 말했다.

"야! 이, 개새끼야! 그걸 말이라고 해! 어떡할 거야? 어떡할 거냐고! 어……."

털썩!

소리를 지르던 정삼재 의원이 자신의 뒷덜미를 잡으며 의자에 맥없이 주저앉았다.

정삼재 의원은 평소 고혈압으로 혈압을 관리받고 있었다.

"의원님! 의원님!"

"어……."

최국현은 다급하게 정삼재의 몸을 흔들었지만, 그의 눈꺼풀이 서서히 감기며 의식을 잃었다.

정삼재 의원이 뇌출혈로 쓰러졌다는 소식이 저녁 뉴스를 통해 전해졌지만, 사람들은 그것 또한 하나의 쇼가 아닌가 하는 의구심을 보냈다.

더구나 민주한국당 당사 앞인 승리빌딩 앞에는 시민들이 모여들며 민한당의 해체를 요구하는 시위까지 벌어졌다.

정부 여당은 사과 박스 배달 사건이 거대한 비리 스캔들이자 한국 정치의 후진적 모습을 고스란히 보여주는 사건이라며, 검찰의 수사를 촉구하는 대변인 발표를 했다.

검찰은 이에 호응하듯이 대검찰청 소속의 특수부 검사들로 구성된 전담팀을 구성하여 수사를 진행하겠다고 발표했다.

경찰 또한 행방이 묘연해진 이영준 의원과 관련자들에 대한 출국 금지를 요청하고, 계좌와 함께 통신 내역에 대해 압수수색영장을 신청했다.

*   *   *

검찰과 경찰이 빠르게 움직이고 있는 다음 날, 행방이 묘연했던 이영준 의원이 대검찰청에 스스로 모습을 드러내기 전 기자회견을 했다.

"사과 박스마다 1억 원씩 현금이 들어 있었습니다. 별도로 5천만 원은 10만 원짜리 헌 수표로 포함되어 있었습니다. 민주한국당 당사로 배달된 돈은 총 4억5천만 원이었습니다. 이 돈은 한일 해저터널 공사를 성사시키기 위해서 일본의 미쓰비시종합상사에서 보내온 불법 정치자금입니다. 민주한국당 당사로 배달된 사과 박스와 별도로 정삼재 의원 자택으로 보내진 사과 박스에도 비슷한 금액이 들어있을 것으로 추정됩니다. 이와 관련된 모든 일들은 한종태 민주한국당 최고의원의 지시로 이루어진 일입니다. 그리고 여기에 적힌 장부에는 지금까지 한종태 의원의 지시로 받았던 불법 정치자금에 대한 내용이 담겨 있습니다. 이 장부는 제가 직접 적은 것이며, 검찰에 증거로 제출할 예정입니다. 그리고 제가 들고 있는 서류 봉투에는 장부를 복사한 서류가 들어 있습니다. 이 서류는 각 언론사에 우편으로 발송되었습니다. 저는 나라와 국민에게 씻을 수 없는 죄를 지은 죄인으로 검찰에 출석해 모든 것을 말하고 죗값을……."

이영준 의원 천천히 자신이 준비해 온 성명서를 읽어나갔다.

그의 주변으로는 신변을 보호하기 위한 십여 명의 경호원들이 몰려든 기자들의 접근을 막았다.

성명서를 다 읽은 이영준 의원은 쏟아지는 기자들의 질문을 뒤로한 채, 준비된 차량에 올라타고는 대검찰청으로 향했다.

이영준 의원의 말처럼 TV 방송국과 신문사에는 비밀 장부를 복사한 우편물이 등기로 도착했다.

그러나 주선일보와 몇몇 신문사에는 우편물이 도착하지 않았다.

*   *   *

"한종태 의원은 민주한국당을 완전히 망쳐놓았습니다. 어디 가서 얼굴을 들고 말을 할 수가 없을 정도로 참담한 심정입니다."

민주한국당의 안성훈 원내대표는 몹시 피곤한 표정으로 말했다.

　민한당의 원내대표를 맡고 있는 안성훈 의원은 이번 사태로 언론사에 집중적으로 시달리고 있었다.

　"한종태 의원과 정삼재 의원 때문에 우리까지 뇌물을 받은 사람으로 취급하고 있습니다."

　"이영준 의원과 함께 도매금으로 취급되고 있는 것이 정말 개탄스럽습니다."

　대책 회의에 참석한 민한당의 의원들은 저마다 불만 섞인 이야기들을 쏟아냈다.

　"이대로 검찰 수사만 넋 놓고 바라만 보고 있으면 당이 세 사람 때문에 공멸할 수도 있습니다. 수사 결과가 나오기 전에 특단의 조치를 먼저 취해야 합니다. 그래야 우리가 살 수……."

　조성원 의원이 특단의 조치를 말하며 세 사람의 출당을 의미하는 이야기를 했다.

　"출당이라도 하자는 말입니까? 아직 정확하게 뇌물인지, 정치자금인지도 가려지지 않은 상태에서 너무 앞서가십니다."

　최갑수 의원이 조성원 의원에 말에 반발하듯이 물었다.

　최갑수는 한종태를 따르는 계파 의원이었다.

　"나 참! 최 의원, 정신 차리세요. 이영준 의원의 성명서도 읽지 않았습니까? 이 의원이 한종태의 지시를 받아서 불법 정치자금을 수수했다고 직접 말했잖아요."

"뭘 정신 차려! 이영준의 주장일 뿐이잖아!"

정태권 의원의 말에 최갑수 의원이 정태권을 손가락으로 가리키며 소리쳤다.

"너희 때문에 당이 망하려고 하잖아! 너도 처먹었어?"

최갑수 의원의 말에 정태권 또한 소리를 지르며 손가락질했다.

"뭘 처먹어! 누가 민한당을 만들었는지 몰라? 한종태 의원이 아니었으면 너흰 그냥 낙동강 오리 알이야! 주제를 알고 떠들어!"

한종태 의원 계열인 구본수 의원이 안성훈 원내대표를 따르는 의원들을 향해 소리쳤다.

"정신 차려! 한종태도 끝났어! 불법 정치자금을 받은 놈들은 다 끝난 거야!"

이성기 의원이 벌떡 일어나 구본수를 향해 소리쳤다.

"야 개새끼! 말이면 다인 줄 알아!"

"너! 뭐라고 했어?"

그 순간을 기점으로 한종태 의원과 안성훈 원내대표를 따르는 의원들끼리 몸싸움이 벌어졌다.

민한당의 대책 회의장은 고성과 몸싸움으로 더는 회의를 진행할 수가 없었다.

비공개 회의였지만, 이러한 장면은 고스란히 카메라에 담기고 있었다.

*   *   *

병원에 입원한 정삼재 의원은 뇌출혈로 인한 중풍 증상까지 동반되어 오른쪽 팔과 왼쪽 다리의 마비 증상에다가 언어장애까지 나타났다.

이 때문에 의사소통을 할 수 없었고, 의사는 무조건 안정을 취해야만 한다며 면회조차 허락하지 않았다.

검찰 조사가 임박한 것으로 전해진 한종태 의원과 달리 정삼재 의원은 병원에서조차 조사를 할 수 없었다.

"정 의원이 보관해 온 장부의 행방이 한종태의 구속을 결정할 수 있을 것 같습니다. 이영준 의원은 올해부터 자금을 관리한 것이라서 지속적으로 한종태가 불법 자금을 수수해 왔다는 것을 입증하기가 힘들 것 같습니다."

김동진 비서실장의 말이었다.

"더구나 한종태는 자신이 이영준 의원에게 지시했다는 것을 모두 부인하고 있습니다. 한종태가 지시했다는 정황은 있지만, 직접적인 증거가 없다는 것이 문제입니다. 이영준 의원을 납치하려고 했던 인물들도 한종태 의원은 모른다고 발뺌하고 있습니다."

국내 정보팀을 이끄는 김충범 실장이 말을 이었다.

"모든 키를 정삼재가 쥐고 있다는 말입니까?"

"예, 뇌출혈로 쓰러진 이후 오른쪽 팔과 왼쪽 다리에 마비 증상이 왔습니다. 거기에 언어장애까지 더해져서 조사할 수 없는 상황입니다."

내 말에 김동진 비서실장이 답했다.

"확실하게 한종태를 잡아들이려면 정삼재의 장부가 필요하다는 건데. 장부는 확실히 존재하는 것입니까?"

"예, 병원으로 옮기기 전에 최국현 비서관에게 장부를 꼭 챙기라는 말을 했다고 합니다."

"장부는 최국현 비서관이 가지고 있다는 말입니까?"

"예, 지금은 그럴 가능성이 가장 큰 것 같습니다. 최국현은 정삼재 의원의 그림자로 불리면서 모든 뒤치다꺼리를 해온 인물입니다."

정삼재 의원과 관계자들을 감시해 온 김충범 실장의 말이었다.

"최국현은 지금 어디에 있습니까?"

"정삼재 의원이 입원한 병원에서 잠시 고향인 공주를 다녀온다고 한 후부터 모습을 보이지 않고 있습니다. 현재 요원들이 행방을 찾고 있습니다."

최국현은 고향인 공주로 향하지 않았다.

정삼재 의원의 집을 방문한 이후부터 행방이 묘연해졌다.

"한종태 쪽에서 손을 쓴 것은 아닙니까?"

"그건 아닌 것 같습니다. 저희가 한종태 쪽은 모두 감시하는 중입니다. 정삼재 의원이 가진 장부가 최국현 손으로 넣어갔다는 것을 알지 못하는 것 같습니다."

국내 정보팀은 내부자의 도움으로 한종태 의원의 집을 도청하고 있었다.

한종태는 자신의 한국 복귀를 도왔던 이스트 세력에게 도움을 요청한 상태였다.

한종태는 검찰에 구속되는 상황을 맞이하면 정치적 망명할 계획을 하고 있었다. 그는 자신이 알고 있는 한국의 비밀 정보를 바탕으로 충분한 딜을 할 수 있다고 여겼다.

"한종태가 먼저 알기 전에 최국현을 찾으십시오. 지금의 사태를 깔끔하게 끝낼 때가 왔습니다."

"예, 좋은 소식을 전해 드리겠습니다."

김충범 실장이 자신감 있게 말했다.

이번에야말로 미꾸라지처럼 요리조리 잘 빠져나가는 한종태 의원을 구속할 수 있는 절호의 기회였다.

　　　　*　　　　　*　　　　　*

　세지마는 한국에서 들려온 민주한국당의 불법 정치자금 수수 소식에 속이 타들어갔다.

　이 사태를 유발한 것은 미쓰비시종합상사에서 보낸 자금이 탈이 났기 때문이다.

　자금을 전달받은 이영준 의원은 검찰의 조사를 받고 있었고, 정삼재 의원은 뇌출혈로 쓰러져 반신불수 상태가 되었다.

　정삼재 의원이 언어장애로 직접적인 조사를 받지 못하고 있기 때문인지, 아직 한종태 의원이 검찰에 소환되지 않고 있다는 점은 다행스러운 점이었다.

　"도대체 일을 이따위로 처리하면 어떡할 거야?"

　"정말 죄송합니다. 야마구치구미에서 이런 실수를 저지를지 몰랐습니다."

　세지마의 말에 그를 보좌하는 마스다가 고개를 들지 못했다.

　"한종태가 검찰 조사를 받으면 일한 해저터널은 물거품이 되는 거야. 어떻게 하든지 한종태가 조사를 받지 않도록 힘을 써봐."

　"예, 한국 내 친일 조직을 총동원하고 있습니다. 검찰 쪽에도 손을 쓰고 있습니다."

"마스다, 한종태가 무너지는 것이 문제가 아니야. 일한 해저 터널이 붕괴되면 일본은 조만간 한국에게 역전당할 수밖에 없어. 내 말이 무슨 말인지 알겠지?"

"예, 무슨 일이 있더라도 한종태를 지키겠습니다."

마스다는 세지마가 무엇을 말하는지 충분히 이해하고 있었다.

유라시아대륙으로 뻗어나갈 수 있게 한반도 종단철도와 시베리아 횡단철도를 연결시킨 한국이 일본을 넘어설 수밖에 없다는 것을 말이다.

*　　　*　　　*

"한종태 의원과 연결이 되지 않고 있습니다."

"정삼재 의원 쪽은?"

정용수 비서실장의 말에 이대수 회장은 다급하게 물었다.

"뇌출혈로 서울대병원에 입원했습니다. 뇌졸중 증상으로 한쪽 팔다리가 마비되었습니다. 더구나 언어장애까지 발생한 상태라 보호자 외에는 면회를 할 수 없는 상황입니다."

"하필! 이런 중요한 시기에 일이 터지다니. 한 의원에게 전달한 자금은 정삼재 의원이 처리한 게 확실한 거지?"

"예, 정삼재 의원의 비서관인 최국현에게 직접 전달했었습니다. 최국현 외에는 누구와도 접촉하지 않았습니다."

대선 이전부터 대산그룹의 비자금을 한종태 의원에게 전달했고, 그 창구가 정삼재 의원이었다.

"최국현은 지금 어디에 있는데?"

"최국현과도 연락이 닿지 않고 있습니다. 정삼재 의원이 입원시키고는 곧장 고향인 공주로 향했다고 합니다. 하지만 공주 집에 가지 않은 것으로 확인되었습니다."

"검찰보다 최국현을 먼저 찾아야 해. 놈이 입을 열면 우리까지 된서리를 맞아."

"여러 루트로 최국현을 찾고 있습니다. 조만간 찾을 수 있을 것입니다."

"그래야 해. 정삼재도 장부를 가지고 있었을까?"

이대수 회장이 심각한 표정으로 물었다.

"가능성은 오십 대 오십인 것 같습니다."

"만약 장부가 있다면 한종태뿐만 아니라 우리도 위험해. 우리가 가진 자료들을 다 파기해."

"그럼, 저희가 가진 패가 사라지는 것인데……."

정용수 비서실장이 아쉬운 표정으로 말했다. 만약을 위해 준비해 오던 한종태와의 연결 고리였다.

한종태가 대통령에 올라섰을 때, 약속했던 것과 다른 모습을 보일 것을 대비한 것이기도 했다.

"느낌이 좋지 않아. 지금 벌어진 일련의 사태를 지켜보면 누군지는 모르지만, 한종태를 겨냥한 것으로밖에는 볼 수 없어. 이대로 끝낼 것 같지가 않아서 그래."

"그럼, 최국현을 찾고 나서 결정하시지요. 정삼재 의원에게 장부가 없다면 굳이 저희가 힘들게 준비한 패를 버릴 필요가 없으니까요."

"좋아, 그렇게 해. 대신 최국현을 어떻게든지 찾아."

"예, 대한민국의 모든 흥신소에 다 의뢰해서라도 찾겠습니다."

정용수 비서실장은 자신이 한 이야기처럼 수단과 방법을 가리지 않을 생각이었다.

Chapter 5

　정삼재 의원의 비서관인 최국현은 고향인 공주가 아닌 부
산으로 곧장 내려왔다.

　일생일대의 선택을 하기 위해 머리를 식혀야만 했다.

　정삼재 의원이 보관 중인 비밀 장부는 대한민국을 폭풍의
한가운데로 몰아넣을 수 있었기 때문이다.

　더구나 비밀 장부가 공개되면 민주한국당의 유력한 대선 후
보인 한종태 의원은 정계를 떠나는 것은 물론 차디찬 감방에
들어가야만 했다.

　문제는 한종태 의원뿐만 아니라 그를 따르는 의원들도 연관

되어 있었다.

이것은 곧 정치 개편을 의미하며, 한국 정치판의 판도가 완전히 바뀌는 일이었다.

최국현은 그를 찾기 위해 얼마나 많은 사람들이 움직이고 있는지를 모르고 있었다.

"후! 이걸로 비례대표 1번은 맡아놨어."

해운대의 밤바다를 바라보며 담배 연기를 뿜어내는 최국현의 얼굴에는 복잡한 감정들이 섞여 있었다.

그는 비밀 장부를 가지고서 한종태 의원과 딜을 할 생각이었다.

"후후! 인생사 새옹지마라고, 이 최국현에게도 볕들 날이 올 줄 알았어."

성격이 지랄 맞은 정삼재 의원을 보좌하면서 폭력은 물론이고 욕설과 온갖 구박을 다 받았다.

정삼재는 자신과 비슷한 위치의 인물에게는 친근한 모습을 보여주었지만, 아래 사람들에게는 무식할 정도로 막 대했다.

그 인고의 세월을 참고 견딘 보람을 맞이한 것이다.

그때 핸드폰이 울렸다.

"여보세요."

ㅡ오빠, 나 가영이. 어디야?

이가영은 부산 술집에서 만난 아가씨였다.

다른 술집의 아가씨와 달리 빼지 않고 최국현에게 교태를 부리며 잘 맞춰주었다.

그 때문에 2차까지 데리고 나갔었다.

최국현은 정삼재 의원의 집에서 나올 때 금고에 있던 10만 원권 수표 다발을 들고 나왔다.

10만 원 수표는 깨끗하게 세탁이 되어 배달된 돈이었다.

그 돈으로 부산까지 와서 술을 마시고 호텔에서 묵고 있었다.

"어! 여기 해운대야. 가영이는 어딘데?"

―나도 해운대야. 오빠, 어디 있는지 손 좀 흔들어볼래?

이가영의 말에 최국현은 주변을 돌아보며 오른손을 들어 크게 흔들었다.

자신을 보고 싶어서 온 것으로 생각했기 때문이다.

최국현은 술김에 잠자리를 함께한 이가영에게 자신이 어떤 사람인지 슬쩍 흘렸다.

자신이 지금 얼마나 중요한 것을 가졌는지와 이로 인해 미래의 국회의원이 될 사람이라고.

차가운 바닷바람 때문인지 해변에는 밤바다를 보는 사람들이 적었다.

―오빠! 보인다! 옆을 봐봐.

최국현은 이가영의 말대로 고개를 돌리는 순간.

퍽!

턱에 묵직한 충격을 받고는 그대로 쓰러졌다.

"아! 이 새끼! 술 마시고 이런 데서 자면 어떡해."

주먹을 날린 사내는 또 다른 사내와 함께 쓰러진 최국현을 재빨리 부축해 일으켰다.

정신을 잃은 최국현은 술에 취한 사람처럼 축 늘어진 채로 두 사내에게 부축을 받으며 해변을 빠르게 벗어났다.

*　　　　　*　　　　　*

최국현을 태운 봉고차가 해운대를 벗어나려고 할 때였다.

끼이익!

쿵!

갑작스럽게 앞을 막아선 트럭과 충돌하는 사이 뒤쪽에서 나타난 승용차에서 내린 인물들이 알루미늄 야구 배트로 봉고차의 유리창을 사정없이 내리쳤다.

퍽! 퍽!

그러고는 깨진 유리문을 통해서 봉고차 안으로 가스총과 최루액을 난사했다.

콜록! 콜록!

"으악!"

봉고차 안에 타고 있던 인물들은 비명과 함께 연신 기침을 터뜨리며 차 밖으로 기다시피 나왔다.

봉고차 밖으로 나온 네 명의 사내는 밖에서 대기하고 있던 인물들에게 전혀 대항하지 못한 채 바닥에 엎드려 기침과 함께 침을 연신 뱉을 뿐이었다.

"아악! 내 눈!"

"으아악!"

부지불식간에 최루액과 가스총을 정통으로 맞은 사내들은 얼굴과 눈을 손으로 비빌 때마다 더 큰 고통을 맛보았다.

그러는 사이 아직 정신을 차리지 못한 최국현은 봉고차를 습격한 인물들의 손에 의해 검은색 승용차에 실렸다.

승용차는 최국현을 태우자마자 번개처럼 현장을 떠났다.

최국현을 태운 승용차가 해운대를 떠나는 사이에도 봉고차에서 내린 사내들은 눈을 뜨지 못한 채 괴로운 신음만 흘리고 있었다.

"부산에서 최국현의 신병을 확보했습니다. 지금 서울로 데려오는 중입니다."

김충범 실장의 연락을 받은 김동진 비서실장의 보고였다.

"용케 찾아냈네요?"

"가람협회의 도움이 컸습니다. 부산에 있는 조직이 가람협회에 연락을 취했습니다. 자칫 대산그룹에서 고용한 인물들에게 선수를 빼앗길 뻔했습니다."

조상태가 이끄는 가람협회는 서울과 수도권을 통일한 전국 제일의 조직으로 어둠에서 나와 여러 사업체를 거느린 기업체로 탈바꿈했다.

하지만 여전히 전국에 있는 폭력 조직들에 막대한 영향력을 행사하고 있었다.

가람협회에서 전국에 있는 조직들에 최국현을 찾으라는 지시가 내려졌다.

"정말 수고가 많았습니다. 이번에야말로 한종태가 벗어날 수 없을 것입니다."

*   *   *

"뭐! 최국현을 빼앗겼다고?"

이대수 회장은 정용수 비서실장의 말에 놀란 표정으로 되물었다.

"해운대 입구에서 습격을 당했다고 합니다. 습격한 인물들은 경찰은 아니었다고 합니다."

탁!

"이런! 빨리 관련 자료들을 폐기해."

책상을 손바닥으로 강하게 내려친 이대수 회장의 표정이 구겨졌다.

"알겠습니다."

이대수 회장의 말에 정용수 비서실장은 회장실을 빠르게 나갔다.

이젠 한종태 의원에게 건네진 불법 정치자금과 관련된 자료들을 폐기할 수밖에 없었다.

털썩!

"후— 우! 하필 왜 이때야……."

소파에 몸을 기댄 이대수 회장은 한숨을 길게 내쉬었다.

한일 해저터널에 성사를 위해 뛰어도 시원찮은 상황에서 한종태 의원과 연관된 불법 정치자금이 터진 것이다.

아직 한종태 의원에 대한 검찰 조사가 이루어지지 않고 있지만, 정삼재 의원의 비밀 장부가 발견되면 상황은 달라질 수 있었다.

'정삼재가 비밀 장부를 가지고 있지 않아야 하는데…….'

이대수 회장이 바랄 수 있는 카드는 정삼재 의원이 이영준 의원처럼 비밀 장부를 가지고 있지 않아야 한다는 것이었다.

*　　　　*　　　　*

최국현이 정신을 차린 곳은 서울 외곽의 한 단독주택이었다.

"정삼재 의원의 비밀 장부를 어디에 보관했습니까?"

낯선 사내의 질문에 최국현은 입을 굳게 다물었다.

"말을 하지 않겠다는 건데. 이러면 최국현 씨만 곤란해집니다."

"경찰도 아닌 사람에게 할 이야기가 아닙니다. 날 풀어주지 않으면 경찰에 신고합니다."

최국현은 상황을 파악하지 못한 것인지, 질문을 던진 사내에게 오히려 위협하듯 말했다.

"하하하! 이 새끼가 사람 대접을 해줬더니, 눈에 뵈는 것이 없네. 야! 펜치 가지고 와."

최국현의 말에 사내의 말투가 갑자기 바뀌었다.

"지금 뭐 하자는 것입니까?"

최국현은 그제야 상황이 심각하다는 것을 인지했다.

"쓸데없는 말을 주고받는 것도 귀찮아서 손가락 하나 자르고 시작하려고."

"예, 손가락을……."

최국현의 눈동자가 커지면서 몸을 움츠렸다.

그제야 자신이 몹시 위험한 상황이라는 것을 깨달았다.

"뭘 하나만 잘라. 손가락하고 엄지발가락도 잘라 버려!"

뒤쪽에서 펜치를 들고 오는 사내가 큰 소리로 말했다.

최국현을 심문하는 사내에게 건네준 펜치에는 시뻘건 핏자국이 선명하게 드러나 있었다.

누군가의 손가락을 이미 자른 것처럼 말이다.

"왼쪽 손가락을 자르는 것이 최국현 씨에게도 좋겠지. 붙잡아!"

사내의 말이 떨어지자 두 명의 인물이 최국현의 왼팔을 붙잡아 테이블 위에 올렸다.

"아악! 잠깐만요! 다 말할게요!"

"늦었어."

"제발요! 비밀 장부는 동네 주차장에 있는 제 차 안에 있습니다."

사내의 위협적인 말에 최국현은 모든 이야기를 털어놓았다.

그러자 심문하던 사내가 최국현을 붙잡고 있던 인물들에게 멈추라는 손짓을 했다.

"확실해?"

"예, 뒤 트렁크에 책들과 함께 묶어놓았습니다."

"아니면 손가락이 아니라 양팔을 자를 거야."

"분명히 있습니다. 선생님, 절 살려주시는 거죠?"

겁먹은 표정의 최국현이 심문하는 사내를 보며 물었다.

"펜하고 종이 좀 가져와."

최국현의 질문에 사내의 입에서 엉뚱한 말이 나왔다.

사내의 말에 서 있던 사내가 한 뭉치의 A4용지와 볼펜을 최국현에게 건넸다.

"자, 여기에 지금까지 최국현 씨가 지금까지 보고 들은 모든 걸 적는 거야. 얼렁뚱땅 적으면 최국현 씨는 다시는 햇빛을 보지 못할 거지만, 만족스러운 내용이면 동남아로 보내주지. 물론 그곳에서 정착해서 살 수 있게끔 돈도 줄 거야. 앞으로 한국에서 살 수 없다는 건 당신도 잘 알 거 아냐."

"정말, 동남아로 보내주실 수 있습니까?"

정삼재 의원의 비서관 생활을 6년 동안 해온 최국현이었기 때문에 사내가 하는 말을 충분히 알아들었다.

정삼재의 비밀 장부와 자신이 알고 있는 내용이 외부로 유출되는 순간 자신은 끝이라는 것을 말이다.

"자! 이걸 보면 내 말이 거짓이 아니라는 것을 알 거야."

사내는 품에서 여권 하나와 통장을 최국현에게 내밀었다.

최국현의 사진이 붙은 여권에는 박철희이라는 이름이 적혀 있었고, 통장에는 25만 달러가 들어 있었다.

사내는 최국현을 채찍과 당근을 써가면서 어린아이처럼 쉽게 다루었다.

"앞으로 이름을 박철희로 바꿔야 하겠지만, 들고 있는 여권

은 사용 가능한 여권이야. 그리고 펑펑 쓰지 않는다면, 동남
아에서 25만 달러면 충분히 살아갈 수 있는 돈이잖아."

동남아에서 25만 달러는 최국현이 어떻게 하느냐에 따라서
달라질 수 있는 큰돈이었다.

"알겠습니다, 제가 알고 있는 것을 모두 쓰겠습니다."

최국현은 여권과 통장까지 미리 준비한 사내의 말에 믿음
이 갔다.

아니, 지금 자신이 살 방법은 한국을 떠나는 것뿐이었다.

＊　　　　＊　　　　＊

최국현의 말은 사실이었다.

트렁크 안에 비밀 장부가 있었다.

그가 사는 남영동의 한 주차장에 한 달 치 주차료를 낸 후,
차를 세워놓고서는 부산으로 떠났다.

혹시나 하는 마음에서 헌책방에서 구매한 책들 사이에 비
밀 장부를 끼워놓았다.

"흠, 철저하게 받아먹었네요."

정삼재 의원의 비밀 장부에는 그동안 국내 기업들에게서
받은 불법 정치자금 내역들이 자세히 적혀 있었다.

정의민주당 시절부터 민주한국당에 이르기까지.

"예, 합계를 다 내보지는 않았지만 수천억 원대에 이르는 자금입니다."

"수천억 원의 불법 자금이 한종태에게 흘러들어 갔다는 말이겠군요."

"만약 한종태가 대통령이 되었다면 불법 정치자금은 수조 원대로 늘어났을 것입니다."

"한종태는 국민의 고통은 아랑곳하지 않은 채 자신의 영달만을 위해서 힘쓰는 정치인입니다. 그가 대통령이 되었다면 이 나라의 국부를 대부분 외국에 팔아먹었겠지요."

IMF 관리 체제 아래에서 외부로 유출되거나 팔려 나가는 국부를 닉스홀딩스와 룩오일NY에서 상당수 인수했다.

소빈서울뱅크는 국내 제일의 은행으로 올라섰을 뿐만 아니라 아시아에서도 당당히 10대 은행 안에 들어가게 되었다.

이와 함께 효율적인 구조 조정을 통해서 비효율적인 은행 체계를 변화시켜 투자은행으로 나설 수 있는 기반을 마련했다.

닉스홀딩스 또한 외부로 팔려 나갈 뻔했던 최첨단 기업들을 인수하여 세계적인 회사로 성장해 나갈 수 있는 토대를 갖추었다.

"이젠 어떤 방법으로도 빠져나갈 수 없을 것입니다."

"이 나라와 국민을 위해서도 긴 싸움에 끝을 내야지요. 비밀 장부를 검찰에 제출하기 전에 SCS방송과 미래경제신문에 장부의 내용을 내보내십시오. 그래야 검찰도 제대로 수사를 할 테니까요."

검찰에도 한종태 의원과 끈이 연결된 인물들이 적지 않았다.

이 나라 권력의 한 축인 검찰에도 한종태에게 끈을 대고 있는 정치검찰들이 많았기 때문이다.

"예, 복사본을 보내도록 하겠습니다. 정치판이 바뀌면 이 나라도 크게 달라질 것입니다."

"그래야지요. 정치가 바로 서야 경제도 성장하는 것입니다."

IMF 관리 체제로 인해 한국 경제가 새롭게 태어날 수 있는 기반이 되었다면 이번 사과 박스 사건으로 인해서 정치판 또한 환골탈태하는 기회를 잡은 것이다.

*   *   *

SCS방송 저녁 뉴스에는 정삼재 의원이 관리하던 비밀 장부에 대한 방송이 나갔다.

이와 함께 민주한국당 주최한 사과 박스 대책 회의에서 벌어진 몸싸움과 주먹다짐하는 모습이 고스란히 방송을 탔다.

TV 방송에 나온 국회의원들은 링에서 싸우는 권투선수나 레슬링선수처럼 보였다.

쌍스러운 욕설은 기본이었고, 코피와 함께 머리가 터진 의원도 보였다.

한마디로 민주한국당은 국민을 위한 정당처럼 보이지 않았다.

정삼재 의원의 비밀 장부에는 각 기업들에게 받은 불법 정치자금이 어떻게 사용되었는지도 자세히 적혀 있었다.

이와 함께 불법 정치자금을 제공한 기업들이 받은 혜택들도 방송을 탔다.

충격적인 것은 일본의 기업들도 한국에서 유리한 사업 기반을 만들기 위해 불법 정치자금을 제공했다는 것이다.

"어서 빨리! 가장 빠른 영국행 비행기표를 알아봐!"

한종태 의원은 김성범 비서관에게 소리쳤다.

김성범은 한종태의 말에 전화기를 들며 항공사에 전화를 걸었다.

"지금 현금은 얼마나 있어?"

또 다른 비서관인 정해구에게 물었다.

"14억 원 정도 있습니다."

"달러는?"

"50만 달러 정도입니다."

"현금을 다 찾아서 수연이에게 줘. 달러는 최대한 가지고 나가도록 하고."

"알겠습니다."

대답을 한 정해구는 밖으로 급하게 나갔다.

한종태의 자금은 대부분 정삼재 의원이 관리했기 때문에 오해의 소재가 없을 만큼의 현금만 가지고 있었다.

한종태는 정신이 없었다.

SCS방송의 뉴스가 나간 직후 검찰 관계자에게서 내일 소환이 있을 것이라는 정보가 전해졌다.

정삼재 의원의 비밀 장부가 대검에 제출되었다는 소식은 그에게 있어 버틸 재간이 없는 상황을 만들었다.

한종태는 미국과 접촉을 해보았지만, 한국 정부와의 관계 때문에 정치적 망명이 어렵다는 이야기를 전해 들었다.

더구나 불법 정치자금과 연루된 비리 정치인을 받아들이기에도 부담이 너무 컸다.

"조금만 시간이 더 있었으면……."

한종태는 아쉬움이 컸다.

최대한 국가 기밀 정보를 더 많이 수집해야만 더 크게 딜을 할 수 있었기 때문이다.

하지만 예상보다 일찍 사태가 터진 것이다.

더구나 믿고 있던 정삼재 의원과 이영준 의원 모두가 한종태 몰래 비밀 장부를 가지고 있었다.

그 비밀 장부가 문제를 더욱 크게 만들었다.

"오늘 영국으로 떠나는 비행기는 없습니다. 일본으로 건너가서 타셔야 할 것 같습니다."

항공기를 알아봤던 김성범이 말했다.

"그럼, 빨리 필요한 것들만 챙겨서 공항으로 출발하자."

"차를 준비하겠습니다."

한종태의 말에 김성범은 밖으로 향했다.

"반드시 다시 돌아온다."

한종태는 창밖 너머 서서히 붉게 물들어가는 하늘을 바라보며 말했다.

이대로 허무하게 끝낼 수는 없었다.

Chapter 6

　민주한국당 당사에 성난 시민들이 난입하는 상황이 벌어졌
다.

　민한당에 있던 몇몇 국회의원과 당직자들이 시민들에게 멱
살을 잡히거나 달걀 세례를 받았다.

　민한당 당사 정문은 한 시민이 화를 참지 못하고 차량을 돌
진해 박살이 났다.

　만약의 사태를 대비해 경찰이 출동한 상황이었지만, 갑작스
럽게 수많은 시민들이 한꺼번에 몰려들자 중과부적이었다.

　뒤늦게 경찰이 증원되었지만, 민한당의 당사는 지진이 난 것처럼 엉망이 된 후였다.

사태가 심각해지자 민주한국당의 안성훈 원내대표는 긴급 기자회견을 통해서 민한당을 전격 탈당하겠다고 발표했다.

안성훈 원내대표와 함께 탈당하겠다는 의원 수는 민한당 의원의 절반을 넘어섰다.

안성훈 의원이 이끄는 계파 의원은 물론 중도우파 성향의 의원들도 민한당을 탈당하기로 한 것이다.

수천억 원대의 뇌물과 불법 정치자금을 받은 한종태 의원과 연관된 의원들은 이러지도 저러지도 못한 채 우왕좌왕하는 모습을 보일 뿐이었다.

"한종태를 태운 차량이 김포공항으로 향하고 있습니다."

국내 정보팀을 이끄는 김충범 실장의 다급한 보고였다.

"마지막까지 추한 모습을 보이는군요. 요원들에게 시간을 끌라고 하십시오."

한종태 의원에 대해서는 아직 출국 금지령이 내려지지 않았다.

검찰에서도 현직 국회의원인 한종태가 외국으로 출국하리는 것을 예상하지 못했다.

"예, 바로 연락을 취하겠습니다."

"법무장관에게 지금 한종태를 막지 않으면 이 나라에 큰 손실을 끼칠 거라고 전달하십시오."

김동진 비서실장에게 말했다.

그동안 한종태 의원과 연관된 자료를 검찰이 아닌 법무부 쪽으로 전달했었다.

이정길 법무장관은 대통령의 특별지시를 통해서 불법 정치 자금에 대해서는 성역 없이 철저하게 조사할 것이라고 천명했다.

"알겠습니다."

대답을 한 김동진 비서실장도 빠르게 움직였다.

"기자들도 준비하고 있겠지요?"

닉스미디어의 박명준 총괄대표에게 물었다.

"예, 이미 김포공항에서 기다리고 있습니다."

한종태 의원의 움직임을 예상한 대비였다.

대선까지 나섰던 인물이었기에 한국을 야반도주하듯이 떠날 확률은 그리 높지 않다고 생각했다.

그러나 한종태는 예상을 뛰어넘은 인물이었다.

"추한 모습을 확실히 카메라에 담아야 합니다. 전 국민이 그 모습을 똑똑히 보고는 다시는 한종태와 같은 정치인이 나오지 못하도록 말입니다."

"예, 이번 사태로 국민들도 많은 것을 느꼈을 것입니다. 진정으로 이 나라와 국민을 위한다는 정치인의 참모습을 말입니다."

"여당 국회의원들도 새롭게 바뀌지 않는다면 민한당과 같은 말로를 걸어갈 것입니다. SCS방송과 미래경제신문은 사과 박스 보도에만 그치지 말아야 합니다. 지금까지 관례처럼 여겼던 악성 정치병과 썩은 부분을 과감하게 도려낼 수 있도록 시대의 첨병 노릇을 해야 합니다."

"예, 회장님이 원하시는 공정하고 정의로운 방송으로 이 시대를 바꿔보겠습니다."

박명준 닉스미디어 대표는 내 의중을 김동진 비서실장 못지않게 잘 이해하고 따라주었다.

만약 SCS방송과 미래경제신문을 인수하지 못했다면 한종태 의원과 그를 따르는 의원들, 그리고 추종 세력들이 벌이는 시대착오적인 일들을 막아내지 못했을 것이다.

*   *   *

한종태 의원을 태운 검은색 벤츠가 머물던 청운동 자택에서 벗어나 도로로 접어들 때였다.

끼이익!

쿵!

도로에서 급하게 들어오는 차량과 충돌했다.

큰 충격을 받을 정도의 충돌은 아니었지만, 앞 범퍼가 눈에 보일 정도로 찌그러졌다.

접촉 사고를 일으킨 소나타 차량의 범퍼는 아예 떨어져 나가고 전조등까지 박살이 났다.

벤츠와 추돌한 소나타는 연식이 오래된 것처럼 군데군데 도색이 벗겨져 있었다.

"아이고! 죽겠네."

소나타 운전석에서 내린 사내가 뒷목을 잡으며 한종태가 탄 벤츠로 걸어왔다.

"괜찮으십니까?"

조수석에 탄 김성범 비서관이 뒤돌아보며 물었다.

"이런! 시간이 없으니까 그냥 가."

한종태는 충격을 받지 않은 것 같았다.

"아저씨! 그렇게 갑자기 들어오면 어떡해? 급하니까 빨리 차 빼세요."

도로로 나가는 입구를 막은 소나타 차량을 옆으로 빼라고 운전하던 정해구가 손짓하며 말했다.

정해구의 말처럼 소나타가 돌진하듯이 너무 빠르게 도로 입구로 진입했다.

"내가 뭘 잘못했는데? 목이 아파 죽을 것 같은데, 그런 식으로 말하면 안 되지."

30대 후반으로 보이는 사내는 정해구의 말에 반발하듯이 말하며 떨어져 나간 소나타의 앞 범퍼를 살폈다.

바닥에 떨어진 낡은 범퍼는 도색이 벗겨져 녹까지 발생한 상태였다.

"빨리 차 빼!"

정해구는 차창 밖으로 몸을 빼며 다시 한번 소리를 질렀다.

"아! 정말, 이 새끼가 어디서 반말이야! 차가 이 지경이 되었는데, 경찰이 올 때까지 현장 보존해야지."

"뭐냐? 이 새끼가 본인이 잘못해 놓고서 적반하장으로 나오고 있어!"

정해구가 참지 못하고 운전석에서 일어나려고 했다.

"돈을 줘서라도 그냥 빨리 처리해."

한종태는 한시가 급했다.

분명 소나타 운전자가 잘못한 것이 분명했지만 지금 시시비비를 가릴 처지가 아니었다.

한종태의 말에 조수석에 있던 김성범이 차 밖으로 나갔다.

"미안합니다. 저희가 급한 일이 있습니다. 여기 이 돈 받으시고, 빨리 차 좀 빼주세요."

김성범 비서관은 지갑에서 십만 원짜리 수표로 오십만 원을 꺼내 소나타 운전자에게 건넸다.

"아니, 누굴 거지로 아나? 목도 그렇고 어깨도 결리는데, 이

돈 가지고는 차만 고치면 끝이야."

"아저씨, 벤츠 수리비가 얼마나 드는지 알고서 그래요?"

소나타 운전자의 말에 김성범은 벤츠를 가리키며 말했다.

"벤츠고 나발이고, 경찰이 오면 누가 잘못했는지 알 거 아냐. 나, 차 못 빼."

소나타 운전자는 김성범의 말에 그대로 벤츠 앞에 드러누웠다.

황당한 표정의 김성범은 다시금 지갑에서 50만 원을 더 꺼냈다.

"여기 백만 원입니다. 빨리 차 좀 빼주세요."

백만 원이라는 소리에 바닥에 누웠던 소나타 차주는 굼벵이가 기어가듯 느릿느릿한 동작을 보이며 일어났다.

"서로 조심합시다, 퉤!"

김성범에게서 수표를 받아 든 소나타 운전사는 백만 원을 침을 묻힌 손으로 하나하나 세었다.

"아저씨! 돈을 받았으니까, 차 좀 빼주세요. 저희 급해요."

평소였다면 어떤 방법을 쓰더라도 소나타 차주가 콩밥을 먹게끔 만들었을 것이다.

"예, 확인했으니까 빼겠습니다."

소나타 운전사는 자신의 차량으로 걸어가다가 기지개까지 켠 후에야 차를 옆으로 뺐다.

"늦지 않았나?"

한종태는 초조한 표정으로 물었다.

"예, 지금 가면 문제없습니다."

"후! 별 거지 같은 것까지 짜증 나게 하네."

짧은 한숨을 내쉰 한종태는 일그러진 표정으로 창밖으로 보이는 가을 하늘을 바라보았다.

"저런 놈들은 예전처럼 삼청교육대로 모조리 보내 버려야 합니다."

김성범 비서관이 한종태의 말에 동조하며 말했다.

"앞으로 내가 그렇게 만들 거야. 버러지 같은 놈들은 사회에 아주 나올 수 없도록 말이야."

한종태는 이 나라가 싫었다.

타고나기를 거지 근성으로 태어난 민족이었기에 일본에 의한 강제합병은 당연하다고 여겼다.

무식하고 덜떨어진 민족이 깨닫기 위해서는 일제강점기 같은 개고생을 경험해야 한다는 생각을 말이다.

그랬기 때문에 흑천이 내세운 선택된 인물만이 이 나라의 지배층이 되어야 한다는 말에 적극적으로 동감했었다.

*　　　　*　　　　*

김포공항에 도착한 한종태 의원의 일행은 비행기표를 받기
위해서 빠르게 공항 안으로 들어섰다.

그 순간 환한 빛이 켜지면서 카메라가 한종태 의원 일행을
찍기 시작했다.

"한 의원님, 지금 어디를 가시는 것입니까?"

"……"

갑작스러운 기자의 질문에 한종태는 놀란 표정으로 눈만
깜빡거렸다.

공항에 기자가 있으리라고는 전혀 예상치 못했다.

"검찰 소환을 피해서 출국을 하시는 것입니까?"

기자는 연속해서 질문을 던졌고, 한종태의 앞과 옆에서는
방송 카메라가 그의 당황한 모습을 담고 있었다.

한종태는 손으로 얼굴을 가리며 빠른 걸음으로 기자들을
따돌리려고 했다.

"한 말씀만 해주십시오. 지금 어디로 출국하시는 것입니
까?"

김성범과 정해구 비서관도 당황한 표정으로 다가오는 기자
들을 막아서기 바빴다.

그때였다.

"한종태 이 개새끼야! 그렇게 할 짓이 없어서 일본의 앞잡

이 노릇을 했냐?"

기자들의 뒤편에 있던 한 시민이 욕설을 퍼부었다.

그 소리 때문인지 한종태의 발걸음이 멈췄다.

"여러분이 생각하시는 것처럼 도피성 출국이 아닙니다. 이미 정해져 있던 정치 일정에 따라 경제 세미나에 참석하기 위해서 출국하는 것입니다."

"어디에서 열리는 세미나입니까?"

"정확한 것은 세미나에서 돌아온 후에 기자회견을 통해서 말씀드리겠습니다."

한종태는 당당하게 말했지만, 그의 눈빛은 심하게 흔들렸다.

"검찰은 뭐 하는 거야! 저런 놈을 구속하지 않고!"

또다시 성난 시민의 목소리가 뒤쪽에서 들려왔다.

그 소리 때문인지 한종태는 얼굴이 일그러진 채로 황급히 출국장으로 향했다.

"시민들이 상당히 격양된 반응에 대해 어떻게 생각하십니까?"

기자는 끈질기게 따라붙으며 한종태에게 질문을 던졌다.

"적당히 합시다. 한국에 다시 돌아오시면 바로 기자회견이 있을 것입니다. 그때 충분히 질문에 응해 드리겠습니다."

한종태를 호위하듯 감싸면서 걸어가는 김성범 비서관의 말이었다.

"검찰 출석이 내일 있을 것이라는 소식이 있던데, 이것 때문에 출국하시는 것입니까?"

"아닙니다, 정해져 있는 일정대로 움직이는 것입니다."

불쾌한 표정으로 대답한 한종태는 예약한 비행기표를 찾았다.

비행기표를 찾자마자 출국장 안으로 빠르게 이동했다.

그러는 동안 기자들의 무수한 질문을 던졌지만, 한종태 의원은 더는 말을 하지 않았다.

출국장에서 여권을 내민 한종태는 한숨을 돌렸다는 표정이었다.

여권을 살피는 공항 직원은 아무런 문제가 없다는 듯이 한종태를 출국장 안으로 들어가려고 할 때였다.

"잠시만 기다려 주십시오!"

양복을 입은 한 직원이 급하게 뛰어오면서 한종태를 제지했다.

"무슨 일입니까?"

"확인할 상황이 있습니다."

"뭘 확인한다는 것이지요?"

한종태가 재차 물었다.

"관계자가 지금 오고 있습니다. 잠시만 기다려 주십시오."

"지금 무슨 소리를 하는 거야? 아무런 문제 없잖아!"

한종태 의원은 격앙된 목소리로 공항 직원에게 소리쳤다.

"내가 누군지 몰라?"

그 모습이 그대로 카메라에 잡혔다.

하지만 한종태는 그런 것에 상관없다는 듯이 목소리가 더 커졌다.

지금 당장 한국을 떠나는 것이 가장 급한 일이기 때문이다.

"죄송합니다. 한 의원님을 출국시키지 말라는 지시가 내려왔습니다."

공항 직원은 한종태의 말에 힘겹게 입을 뗐다.

"누구야? 누가 그런 조치를 내린 거야?"

"......"

공항 직원은 더는 입을 열지 않았다.

한종태는 어디론가 핸드폰을 걸었다.

"여보세요?"

―죄송합니다. 지금 통화를 할 수 없습니다.

"한 가지만 물어볼게. 왜 출국이 안 되는 거야?"

―법무장관이 긴급 출국 금지를 내렸습니다. 이만 끊겠습니다.

"뭐? 여보세요?"

한종태가 전화를 건 인물은 검찰 관계자였다.

한종태가 똥 씹은 표정으로 핸드폰을 내려놓을 때였다.

한 무리의 인물들이 급하게 한종태 의원이 있는 쪽으로 걸어왔다.

"한종태 씨, 뇌물 수수와 사문서 위조 혐의로 긴급체포합니다."

검찰 수사관으로 보이는 인물은 한종태에게 체포 영장을 보여주며 말했다.

"이것들이 내가 누군지 알고서. 나 한종태야!"

당황한 표정의 한종태는 큰 소리로 당황함을 숨기려 했다.

"의원님, 여기서 이러지 마시고 검찰에 가셔서 시시비비를 따지시지요."

한종태에게 웃으면서 이야기하는 사내는 대검찰정 특수부 검사인 최용진 검사였다.

"뭐? 내… 내가 가만있을 것 같아?"

당황함으로 얼굴이 시뻘게진 한종태는 말까지 더듬었다.

"뭐들 해? 의원님 모시지 않고."

최용진 검사의 말에 검찰 수사관들은 한종태를 범죄인처럼 공항에서 끌고 갔다.

한종태 의원의 비서관인 김성범과 정해구 또한 검찰에 체포되어 함께 연행되었다.

이러한 모습이 그날 밤 TV 뉴스를 통해서 여과 없이 방송되었고, 들끓는 성난 여론은 한종태와 민주한국당을 더욱 어렵게 만들었다.

Chapter 7

　민주한국당의 한종태 의원은 공항에서 긴급 출국 금지를 당하고 검찰에 체포되어 대검찰청으로 압송되었다.

　압송된 날 구속영장이 곧바로 청구되었고, 법원은 도피 가능성을 들어서 바로 구속영장을 발부했다.

　한종태 의원은 곧바로 호화 변호인단을 구성하여 즉각적으로 대응했다.

　검찰에 소환되기 전에 출국하려고 했던 한종태 의원에게 여론은 비판적인 기사를 쏟아냈고, 국민들은 분노했다.

　더구나 자신을 보호하기 위해 고검장 출신이 포함된 호화 변호인단을 구성하는 모습은 비난의 화살을 더욱 가중시키는 결과로 이어졌다.

한종태 의원의 구속과 함께 그와 연관된 민한당의 의원들과 기업인들도 줄줄이 검찰의 소환을 기다리는 신세가 되었다.

한종태와 가장 밀접한 관계를 맺었던 대산그룹의 이대수 회장이 기업인 중에서 제일 먼저 검찰에 소환되었다.

"확실한 증거 때문에 한종태는 물론이고 이대수 회장도 빠져나가기 힘들 것입니다."

"한종태와 관련된 증거들을 계속해서 검찰에 제공하십시오. 한일 해저터널과 관련된 증거들은 방송을 통해서 내보내시고요."

김동진 비서실장의 말에 앞으로의 일정을 지시했다.

"예, 이번 일로 한종태는 물론이고 민주한국당이 아예 사라질 것 같습니다."

민주한국당에 몸담던 안성훈 의원과 그를 따르는 계파 의원들은 새로운 신당인 바른민주당을 창당했다.

민한당에 남아 있던 의원들 대다수가 한종태 의원과 연관돼 검찰 소환을 앞두고 있었다.

이들은 한종태가 관리하던 불법 정치자금을 받아 선거에

사용하고 지역구 유지에도 이용했다.

"관련 의원들이 몇 명이나 됩니까?"

"32명입니다."

"흠, 적지 않은 인원이군요. 이들이 모두 실형이나 벌금형을 받는다면 의원직을 잃겠군요."

"예, 공직선거법과 선거부정방지법 위반이 적용될 수 있습니다. 법원에서 100만 원 이상의 벌금형이 구형되면 의원직을 상실하게 됩니다."

"국내 정보팀이 수집한 정보들을 이용해서라도 한종태와 연관된 의원들 모두 옷을 벗게 하십시오. 썩은 부분을 도려낼 때 확실히 제거해야만 합니다."

"예, 그동안 수집한 정보들이라면 대부분 의원직을 잃게 될 것입니다."

김충범 국내 정보실장은 자신 있게 말했다.

불법적인 정치자금 수수는 물론이고 각종 이권 사업에 물불을 가리지 않고 달려든 의원들이 적지 않았다.

그러는 와중에 힘없는 사람들이 고스란히 피해를 보았고 그와 연관된 기업들만 배가 불렀다.

"이번 한일 해저터널과 연관되어 불법을 저지른 여당 의원도 함께 수사를 받을 수 있게 하십시오."

민주한국당뿐만이 아니었다.

여당인 국민당 내에도 한일 해저터널과 연관되어 불법 정치
자금을 수수한 의원들이 있었다.

"예, 차례대로 검찰에 소환될 것입니다."

김동진 비서실장의 말처럼 여야를 막론하고 한일 해저터널
과 연관 의원들은 모두 옷을 벗게 할 생각이다.

＊　　　　　＊　　　　　＊

대산그룹은 비상이 걸렸다.

이대수 회장이 불법 정치자금과 연관되어 구속되었기 때문
이다.

대검찰청에서 20시간 동안 조사를 받은 후에 곧바로 영등
포 구치소에 수감되었다.

이대수 회장의 구속으로 인해 대산그룹이 추진하는 사업들
에도 비상등이 켜졌다.

대산그룹은 전문 경영인 체제보다는 이대수 회장의 결정으
로 대부분 회사가 돌아갔다.

대산그룹의 운명이 걸린 한일 해저터널도 총수의 부재로 인
해서 표류할 수밖에 없었다.

더구나 강력하게 한일 해저터널을 주장했던 한종태 의원의
구속으로 인해 한일 해저터널 프로젝트는 수면 아래로 가라

앉았다.

미쓰비시종합상사의 사과 박스 전달 사건으로 국민은 물론 정부 또한 한일 해저터널 공사는 시기상조라는 의견에 도달했다.

"이런! 멍청한 놈들이 있나? 어떻게든 막아서야지!"

세지마는 한종태 의원과 이대수 회장의 구속 소식을 접하고는 불같이 화를 냈다.

한일 해저터널이 사실상 중단될 수밖에 없는 상황에 놓인 것이다.

"정삼재의 비밀 장부가 검찰 손에 들어가는 바람에 손쓸 방법이 없었습니다."

"지금 일한 해저터널을 성사시키지 못하면 앞으로는 이 일을 절대로 추진할 수 없어."

"저희에게 협조적이던 한국의 의원들도 모두 발을 빼고 있습니다. 들려오는 정보에 의하면 이번 사건으로 30명 이상의 국회의원들이 검찰에 소환될 예정이라고 합니다. 그중 상당수가 저희와 연관이 깊은 인물들입니다."

세지마를 보좌하는 마스다 또한 표정이 좋지 않았다.

"한국 정부는 뭐라고 하는데?"

"미쓰비시상사의 불법 정치자금 제공으로 더는 일한 해저터널에 관련된 협상을 진행할 수 없다고 공식적으로 통보해 왔습니다."

"망할 놈들! 지금까지 들어간 자금이 얼마나 되는지 알고서 그러는 거……."

휘청!

세지마의 몸이 휘청거리는 순간 그의 몸이 그대로 뒤로 넘어갔다.

쿵!

갑작스럽게 일어난 일이라 마스다도 손을 쓸 수가 없었다.

"선생님! 선생님! 야마다!"

세지마가 쓰러지자마자 당황한 마스다는 큰 소리로 외치며 세지마의 몸 상태를 살폈다.

부들부들 몸을 떠는 세지마의 눈동자가 위로 넘어가면서 입에서는 흰 거품을 쏟아냈다.

올해 88세인 고령이었지만 세지마는 별다른 질병이 없었다.

하지만 일본의 미래를 위해 온 힘을 쏟은 한일 해저터널에 중단이 그에게 큰 스트레스와 충격을 준 것이다.

마스다의 소리를 듣고 온 비서들도 당황한 표정으로 급하게 병원으로 전화를 걸었다.

일본의 정치 거물인 세지마 류조가 쓰러졌다는 소식은 한일 양국 언론에 크게 보도되었다.

쓰러진 이후 병원으로 곧바로 옮겼지만, 정신을 회복하지 못한 채 혼수상태에 빠졌다.

정신이 깨어나더라도 정상적인 활동을 할 수 없다는 의사의 판정을 받았다.

일본의 정·재계에 막대한 영향력을 행사하면서 일본의 부흥을 이끌었던 세지마는 마지막 한일 해저터널을 통해서 뒷걸음질 치기 시작한 일본의 경제를 끌어올리려고 했다.

이를 위해서 한일 양국은 물론 러시아와도 물류 협상을 성사시켰다.

하지만 그의 마지막 소망인 유라시아로의 진출은 한일 해저터널의 좌초로 인해 물거품이 될 상황에 놓였다.

엎친 데 덮친 격으로 한국의 검찰은 한일 해저터널과 연관되어 한종태 의원에게 뇌물을 건넨 미쓰비시종합상사의 후미노리 미쓰비시 본부장을 소환하겠다고 발표했다.

한일 해저터널의 핵심적인 역할을 담당했던 미쓰비시상사를 조사하겠다는 한국 검찰의 발표는 한일 해저터널의 끝을 알리는 신호였다.

*   *   *

대산그룹 본사가 압수수색을 당했다.

이대수 회장이 구속된 다음 날 검찰은 대산그룹 본사와 이대수 회장의 집을 전격적으로 압수수색 했다.

압수수색을 통해서 검찰은 대산그룹이 한일 해저터널과 관련된 자료를 조직적으로 폐기하고 은폐한 사실을 발견했다.

검찰은 이와 함께 한종태 의원의 집과 민주한국당 당사 또한 압수수색을 진행했다.

민한당의 국회의원들도 줄줄이 대검찰청에 소환되었다.

그러는 와중에 검찰에서 수사 정보가 외부로 유출되는 정황이 발생했다.

"한종태 의원과 민한당을 수사하던 검찰 인사가 관련된 정보를 한종태 의원에게 전달했다는 것이 밝혀졌습니다. 수사에 참여한 특수부 소속 안영수 검사는 핸드폰과 팩스를 통해서⋯⋯."

SCS방송은 또다시 한종태 의원과 연관된 검찰과 경찰 내의 연결 조직에 관한 방송을 내보냈다.

충격적인 것은 대통령에게 보고되는 자료들도 한종태 의원에게 전달되었다는 것이다.

더구나 일본으로 출국해 영국으로 떠나려고 했던 한종태 의원의 가방에서 나온 플로피디스크에는 한국 정부에서 비밀로 정해놓은 자료들이 가득 들어 있었다는 것이다.

뉴스로 이 소식을 접한 국민들은 다시금 크게 분노하며 특별검사제를 통해서 이 사건을 수사하라는 요구를 했다.

"한종태에게 정보를 전달했던 검사들은 흑천에서 정부 기관에 침투시키기 위해 길러냈던 인물들이었습니다. 이들은 흑천의 지원을 등에 업고 대학 졸업 후 사법고시와 행정고시, 경찰대 등을 통해서 각 기관에 진출했었고, 이미 진출한 인물들과 연계하여 한종태에게 각 기관의 주요 정보를 전달했습니다."

국내 정보팀을 이끄는 김충범 실장의 보고였다.

국내 정보팀은 흑천의 괴멸 이후 지속해서 연관된 인물들을 추적했다.

정부기관에 침투한 흑천의 비홍조라는 조직을 탐지했고, 그에 대한 정보를 수집했다.

비홍조에 속한 인물들은 흑천이 괴멸되고 천산이 사라지자 활동을 멈추고는 동면하듯이 움직임이 없었다.

그러나 한종태가 정치에 복귀하는 순간부터 다시금 활발하게 활동하며 한종태 의원에게 정보를 제공해 왔다.

"대부분의 인물들은 검찰과 경찰, 그리고 법원 등 사법기관에 집중되어 있었습니다. 한종태 의원이 본격적으로 활동하는 때에 맞추어서 이들도 다시금 활동을 개시한 것으로 보입니다. 그동안은 이들에 대한 뚜렷한 범죄 증거가 없어서……."

암살과 납치 등 뚜렷한 범죄 행위를 해오던 흑천의 다른 조직과 달리 비홍조는 범죄에 대한 증거가 없었다.

"이번 사건이 마지막 남았던 흑천의 잔당들을 처리할 수 있는 기회를 주었습니다. 청와대는 뭐라고 합니까?"

"저희가 가진 자료를 정중권 청와대 비서실장에게 넘겼습니다. 검찰로는 이번 수사를 제대로 할 수 없다는 사실을 인지했습니다. 조만간 수사 기간에 제한이 없는 특별 검사를 진행하기 위해 야당의 협조를 구하겠다고 합니다."

김동진 비서실장은 정중권 청와대 비서실장과의 만남에서 흑천과 한종태 의원과의 연결 고리가 되는 비홍조에 대한 정보를 넘겼다.

불법 정치자금과 관련된 한종태와 민주한국당 의원들에 대한 수사 인원 중에 비홍조에 속했던 인물들이 포함되었고, 그 인물들을 통해서 수사와 관련된 정보가 전달되었다는 사실을 말이다.

더구나 그 이전부터 민감한 정보들이 한종태 의원에게 전달된 사실도 알렸다.

"바른민주당의 안성훈 대표는 뭐라고 합니까?"

민주한국당을 탈당한 안성훈 의원은 새롭게 바른민주당을

창당했고, 상당수의 의원들이 동참했다.

여기에 군소 정당의 의원들도 바른민주당에 입당했다.

이들은 모두 닉스홀딩스의 지원을 받았던 의원들이다.

"적극적으로 협조하겠다고 연락을 취해왔습니다."

바른민주당의 안성훈 대표도 닉스홀딩스에서 지원을 받았다.

민한당 시절 계파 의원들을 다독이며 한종태에게 맞설 수 있었던 것도 닉스홀딩스의 지원 덕분이었다.

"정치권과 검찰까지 일거에 처리할 기회입니다. 불법 정치자금으로 기소된 의원들이 모두 옷을 벗을 수 있도록 해야 합니다. 그래야 그들의 자리를 진정 이 나라와 민족을 위하는 인물들로 채울 수 있습니다."

"예, 김 대통령께서도 충분히 인지하고 있으신 것 같습니다. 여당 내 국회의원들도 연관된 자들은 반드시 처벌받도록 하겠다는 의중을 내비쳤습니다."

"주선일보와 미쓰비시상사와 연관된 내용도 방송에 내보내도록 하십시오. 그들도 대가를 받아야 할 때입니다."

주선일보과 도쿄 미쓰비시은행에서 받은 대출은 불법적인 상황이 적지 않았다.

파격적인 금리였을 뿐만 아니라 대출이 이루어진 시점부터 주선일보의 기사는 한일 해저터널에 대한 찬양 일색이었다.

더구나 주선일보와 한일 해저터널과 연관되어 인터뷰한 인물들 모두가 이번 사과 박스 사건과 연루되어 검찰 조사를 받는 인물들이라는 공통점이 있었다.

"쓰레기를 한꺼번에 치울 수 있는 절호의 기회가 될 것 같습니다."

김동진 비서실장의 말처럼 악취가 났던 쓰레기와 오물들을 한꺼번에 처리할 기회였다.

*   *   *

주선일보와 미쓰비시종합상사에 대한 내용을 다룬 방송과 기사가 나갔다.

병원에서 깨어나지 못하는 세지마 류조와 관계도 조명하는 내용이었다.

세지마 한국을 방문했을 때마다 주선일보는 인터뷰를 실었고 일본이 주장하는 바를 비판 없이 동조하는 기사를 내보냈다.

이러한 대가 때문인지 주선일보는 지금까지 8백억 원에 가까운 자금을 도쿄 미쓰비시은행으로부터 받아냈다.

이번 한일 해저터널과 관련해서도 몇몇 경제신문과 함께 앞장서서 해저터널이 한국에 꼭 필요하다는 주장을 펼쳤다.

일본이 주장하는 경제적 효과를 부풀리고 과장한 기사를 통해서 국민을 기만하는 형태를 아무렇지 않게 보여주었다.

SCS방송에서는 세지마가 한국을 방문했을 때 보좌관인 마스다와 한 술집에서 이야기를 나눈 내용도 방영되었다.

대화에는 두 사람이 한국을 일본의 식민지 시절의 나라로 생각하는 발언과 함께 자신들에게 적극적으로 협조하는 주선일보에 자금을 제공해야 한다는 말이 들어 있었다.

"신문 보급소마다 신문 구독을 끊겠다는 전화와 함께 광고를 취소하겠다는 기업들의 전화도 빗발치고 있습니다."

경영지원팀의 민경욱 전무가 박정호 대표에게 다급하게 보도했다.

쾅!

"도대체! 왜 우리가 사과 박스의 피해를 받아야 하는데?!"

책상을 두 손으로 내려친 박정호는 흥분한 나머지 대표실이 떠나갈 듯이 소리를 질렀다.

"신문 가판대도 저희 신문을 받지 않겠다고……."

박정호 대표의 모습에 보고하던 민경욱 전무는 말을 끝까지 할 수 없었다.

"나가! 모두 다 나가!"

박정호는 괴성을 지르듯이 소리쳤다.

대표실에 있던 인물들이 일그러진 표정으로 서둘러 대표실을 나왔다.

하지만 서주원 주필은 그대로 앉아 있었다.

"우리가 적으로 돌리지 말아야 할 상대와 싸운 것 같습니다."

서주원 주필은 침통한 표정으로 말했다.

"이게 모두 강태수 회장의 작품이란 말씀입니까?"

"전부는 아니라도 대부분 강 회장의 의도대로 되었습니다. 이 사태를 해결하기 위해서는 패배를 인정해야 할 것 같습니다."

"하하! 주선일보가 이대로 끝나다니요. 어떻게 여기까지 올라왔는지 잘 아시지 않습니까?"

"자금줄이 끊긴 상황에서는 더는 버틸 재간이 없습니다. 주선일보를 살리기 위해서는 강 회장을 만나 사죄하고, 저와 박 대표가 물러나야 할 것 같습니다."

"허허! 무슨 말씀을 하시는 것입니까? 주선일보가 망하기라도 한다는 말이십니까?"

어이없는 표정으로 서주원 주필을 바라보는 박정호의 입에서는 헛웃음이 흘러나왔다.

"SCS방송을 통해 우리 주선일보는 매국 신문으로 낙인찍혔습니다. 지금 어떤 변명을 늘어놓아도 통하지 않습니다. 이대로 흘러가면 정부에서 세무조사와 함께 경영진에 대한 검찰 조사까지 진행하겠지요."

노련한 서주원은 앞으로의 상황을 꿰뚫어보았다.

쾅! 쾅!

"이런 좆같은 일이!"

서주원의 말에 박정호는 주먹으로 책상을 사정없이 내려쳤다.

"시간은 우리 편이 아닙니다. 오늘 중으로 결단을 내려야 할 것입니다."

서주원 주필은 애써 담담한 말투로 이야기했지만, 소파를 짓고 일어서는 그의 두 손이 가늘게 떨렸다.

박정호 대표에게 말하지 않은 한 가지는 강태수 회장이 사과를 받아주지 않는다면 주선일보는 문을 닫을지도 모른다는 사실이었다.

Chapter 8

　정치권과 재계는 물론이고 검찰 조직도 대격변을 맞았다.

　사과 박스 사건으로 인해 민주한국당이 얼마나 많은 불법 정치자금을 수수했는지에 대해 하나둘 밝혀졌다.

　정의민주당(정민당) 시절부터 민주한국당까지 불법 정치자금과 뇌물을 수수한 금액이 3천억 원이 넘어섰다.

　한종태의 구속으로 인해 밝혀진 일은 불법 정치자금만이 아니었다.

　자신에게 맞서는 인물들에 대한 테러와 협박은 물론이고 국가 기밀을 일본과 미국에 넘겨주었다.

이러한 사실에 국민들은 분노했고, 여당과 야당은 기한 없는 특검을 빠르게 합의했다.

특검을 통해서 성역 없는 수사가 이루어질 수 있도록 여야 모두가 적극적으로 협조하기로 했다.

정치권의 부패에 국민의 분노가 극에 달했기 때문에 자칫 자신들에게도 불똥이 튈 수 있었기 때문이다.

특검이 구성되고 난 후 검찰과 경찰 조직에 대한 개혁 작업도 도마 위에 올랐다.

정치권에 줄을 대는 정치 검사들을 퇴출하고, 막강한 권력을 가지게 된 직접 수사권과 기소권을 가진 검찰 조직을 개편하겠다는 이야기였다.

지금까지 검찰의 모습은 정치인과 권력을 가진 인물들과 결탁하여 봐주기식 수사를 일들이 종종 발생했다.

정부는 국민과 정치권이 요구하는 주장을 충분히 받아들이겠다고 발표했다.

검찰이 가진 직접 수사관을 축소해 경찰에게 이양하는 작업을 검토하겠다는 말이었다.

검찰의 위기는 검찰 스스로가 일으킨 일이었다.

한종태 의원에게 정보를 건넨 검사는 고검장인 박성태와 특수부 소속으로 수사에 참여한 안영수를 비롯해 여섯 명이나 되었다.

경찰도 치안감과 경감 계급의 인물이 한종태에게 정보를 제공했고, 그 대가로 활동비와 향후 비례대표 후보를 보장받기도 했다.

한종태와 연관된 인물은 경찰과 검찰뿐만 아니라 국방부 소속 장군들과 합동참모본부 소속 장성들도 연계되어 있었다.

그동안 얼마나 많은 국가 기밀이 한종태에게 전달되어 우방국에 흘러들어 갔는지도 수사 대상이었다.

주선일보를 비롯한 언론사들도 수사 대상에 포함될 것이라는 소식이 전해질 때쯤 주선일보의 박정호 대표와 서주원 주필은 닉스홀딩스 본사를 방문했다.

"이렇게 만나 주셔서 감사합니다."

박정호 대표는 나를 보자마자 패잔병처럼 머리를 숙였다.

"저희가 진행했던 일들에 대해 진심으로 사과드립니다.

서주원 주필 또한 고개를 숙이며 사과를 건넸다.

"서 있지들 말고 앉으십시오. 앉으셔서 차근차근 그동안 무엇이 문제였는지를 이야기하시지요."

내 말에 두 사람은 착잡한 표정으로 소파에 앉았다.

비서가 차를 내올 때까지 두 사람은 어두운 표정으로 아무런 말을 하지 않았다.

"절 만나 보고 싶다고 하셨는데, 이유를 들어볼까요?"

"단도직입적으로 말씀드리겠습니다. 주선일보를 살려주십시오. 저와 박정호 대표가 주선일보에서 물러나겠습니다."

내 말에 서주원 주필이 입을 열었다.

예상하지 못한 말이었다.

"흠, 두 분이 물러나시는 거와 주선일보가 살아나는 것과는 별개의 문제인 것 같은데요. 그리고 저는 주선일보를 살리고 죽일 수는 권한은 가지고 있지 않습니다."

"저희의 불찰이었습니다. 공정하지 못한 보도를 진행한 것도 모두 사실입니다. 주선일보는 다시금 환골탈태하는 심정으로 모든 영역에서 새롭게 출발하려고 합니다. 회장님께서 한 번만 도와주신다면 이 은혜는 절대로 잊지 않겠습니다."

주선일보는 한일 해저터널이 좌초되자마자 도쿄미쓰비시은행에서 추가 자금을 지원받을 수 없다는 통보와 함께 재작년에 지급받은 120억 원의 대출금을 갚으라는 연락까지 받았다.

더구나 앞으로 진행될 닉스홀딩스와의 소송에도 불리한 상황에 놓였다.

미국에서 들려오는 소식도 주선일보의 패배가 확실시되었다.

"하하하! 제가 어떻게 도와주길 바라십니까?"

박성호 대표의 말에 큰 소리로 웃으며 반문했다.

"우선 소송을 취하해 주셨으면 합니다."

"저희가 받은 손해를 보상해 주신다면 소송은 지금이라도 취하해 드릴 수 있습니다."

"저희가 지금 그럴 형편이 되지 않습니다. 조금만 시간을 주신다면 손해를 입으신 부분은 어떻게든 갚아드리겠습니다."

내 말에 박정호 대표는 사정하듯이 말했다.

"글쎄요. 저는 아직 그럴 생각이 없습니다. 일전에 이미 충분한 시간을 드린 것으로 알고 있습니다. 1심 재판의 판결에 불복하셔서 항소하지 않으셨습니까?"

"저희의 생각이 짧았습니다. 다시 한번만 기회를 주신다면 평생을 은인으로 생각하며 회장님을 돕겠습니다."

주선일보의 방향을 주도하는 서주원 주필이 고개를 숙이며 말했다.

"흠, 사람은 누구나 그릇된 판단을 할 때가 있습니다. 그것이 한 번으로 끝난다면 크게 문제가 되지 않습니다. 문제가 되는 것은 그러한 오판을 몇십 년 동안 해왔다는 것이지요. 제 생각에는 주선일보는 그러한 잘못된 길을 쭉 걸어온 것 같습니다."

내 말에 박정호 대표와 서주원 주필은 곧바로 대답하지 못한 채 표정이 급격히 굳어졌다.

이전 같았다면 두 사람은 당장에라도 자리를 박차고 일어나서 떠났을 것이다.

주선일보를 향해서 감히 이러한 말을 던질 수 있는 사람이 없었기 때문이다.

"저희가 어떻게 하면 주선일보를 살려주실 수 있으십니까?"

항복 선언에 서명하려고 온 인물답게 서주원 주필은 자존심을 내던진 상황이었다.

연일 계속되는 SCS방송의 보도와 미래경제신문에 실리는 기사들은 주선일보를 더욱 힘들게 하고 있었다.

더구나 이런 보도와 기사를 다른 언론들이 계속 인용하여 기사화하고 있어 주선일보의 어려움은 가중되었다.

"진심으로 제 말대로 하시겠다는 말씀입니까?"

서주원 주필과 박정호 대표를 번갈아 바라보며 물었다.

"예, 회장님이 말씀하시면 따르겠습니다."

"물론입니다. 회장님의 선처를 바랄 뿐입니다."

두 사람이 할 수 있는 일이 없었다.

주선일보의 독자들은 떠나가고 기업의 광고는 끊겼다.

이대로 몇 달간 흘러간다면 주선일보는 폐간의 길로 갈 수도 있었다.

현재 주선일보는 직원들의 월급 지급을 걱정할 상황까지 왔다.

"주선일보를 닉스미디어에 넘기십시오. 그러면 모든 문제가 해결될 것 같습니다."

"예? 주선일보를 넘기라고요?"

박정호 대표는 너무 놀란 나머지 자리에서 벌떡 일어나며 말했다.

"흠!"

서주원 주필은 짧은 신음성을 낸 후 눈을 감은 채 몸을 소파에 기대었다.

두 사람 다 생각지도 못한 일이었기 때문이다.

"지금 이 상황에서 주선일보를 살릴 수 있는 유일한 방법입니다."

흥분한 박정호 대표를 바라보며 말했다.

"이건 너무 과한 요구이십니다."

박정호는 소파에 다시 앉으며 말했다.

"제가 제의한 기회는 지금뿐입니다. 지금 이곳에서 결정하지 않고 떠나신다면 앞으로의 일을 장담할 수 없습니다."

항복하러 온 박정호와 서주원의 목에 칼을 겨누는 상황이었다.

대한민국의 여론을 쥐락펴락했던 주선일보의 운명이 이런 식으로 끝을 맞게 되리라는 것을 두 사람은 전혀 예상하지 못했다.

"주선일보를 죽이실 것입니까?"

서주원 주필이 침묵을 깨고 입을 열었다.

"주선일보를 살리는 길이지요."

"만약, 주선일보를 인수하신다면 신문사명을 바꾸실 것입니까?"

서주원 주필은 내 말에 재차 질문을 던졌다.

"그동안의 잘못을 씻기 위해서는 그것이 가장 좋은 방법이 아니겠습니까?"

"저희가 얼마나 큰 잘못을 저질렀습니까? 이건 도저히 받아들일 수 없는 일입니다."

박정호 대표는 내 말에 참지 못하고 자리에서 일어섰다.

"앉으세요, 박 대표. 우린 강 회장님께 선처를 구하러 왔습니다. 우리가 지금 이 자리를 떠나면 주선일보는 아무것도 건지지 못한 채 사라질 것입니다."

서주원 주필은 침착한 표정으로 박정호를 타이르듯 말했다.

"서 주필께서 아주 잘 알고 계시는군요. 주선일보의 역사는 여기까지입니다. 새로운 시대에는 새로운 여론을 이끌 신문사가 필요한 것입니다. 나라와 국민을 배신한 행위로 인해, 주선일보라는 이름을 가지고는 누구라도 운영을 할 수가 없습니다. 박 대표께서 말씀하신 것처럼 환골탈태하기 위해서는 모든 것을 바꾸어야 합니다."

"회장님의 말씀은 알겠습니다. 그러면 주선일보를 얼마에 매입하시겠습니까?"

서주원 주필이 진지하게 물었다.

그 또한 주선일보의 지분을 가지고 있었다.

"소송을 취하해 드리겠습니다. 그리고 주선일보가 진 빚을 닉스미디어가 떠안을 것입니다."

"그게 다인 것입니까?"

이야기를 듣고 있던 박정호가 물었다.

"침몰하는 배는 값어치가 없습니다. 저는 단지 그 안에 있는 선의의 사람들을 구할 마음만 있을 뿐입니다."

"주선일보가 가진 값어치는 어느 신문사도 따라올 수 없습니다."

박정호는 따지듯이 말했다.

"그 값어치를 누가 매긴 것입니까? 박 대표께서 평가하신 것입니까? 지금 주선일보를 떠안으려는 곳은 대한민국에서 아무도 없습니다. 둘 중의 하나입니다, 침몰하는 배에 탄 사람들을 살릴 것이냐, 아니면 모두 죽느냐."

"저희에게 시간을 주실 수는 없겠습니까?"

서주원 주필이 간청하듯이 말했다.

"시간은 이미 많이 주었습니다. 그 시간을 주선일보가 활용하지 못한 것일 뿐입니다. 저는 두 번 말하지 않습니다. 두 분께서 이 방을 떠나는 순간, 주선일보는 스스로 헤쳐 나가야 할 것입니다."

마지막 통보였다.

시간을 끈다고 해도 해결될 수 있는 문제가 아니었다.

"흠, 알겠습니다. 저는 제가 가진 지분을 모두 내어놓겠습니다. 말씀드린 대로 주선일보를 떠날 것입니다."

서주원 주필은 결단을 내렸다.

침몰하는 배를 바다 위에서 고칠 수는 없었다.

항구로 입항해 고장이 난 부위를 수리해야만 다시금 항해할 수 있었다.

문제는 항구로 배를 끌고 갈 힘이 주선일보에게는 없다는 것이다.

"서 주필님! 이건 말이 안 되는 일입니다."

박정호 대표는 서주원 주필의 말에 강한 불만을 토로했다.

"박 대표, 우리 때문에 애꿎은 기자들과 직원들까지 직장을 잃게 할 수는 없잖아."

서주원 주필은 담담하게 말했다.

그는 이미 주사위가 자신의 손에서 떠났다는 것을 알고 있었다.

"전 그렇게 할 수 없습니다. 제가 어떻게든 주선일보를 다시

일으킬 것입니다."

말을 마친 박정호는 자리를 박차고 일어나 회의실을 떠났다.

"후— 우! 죄송합니다. 여기까지가 주선일보의 한계인 것 같습니다."

서주원 주필은 긴 한숨을 내쉬고는 천천히 자리에서 일어났다.

마지막 희망이 사라진 지금 그는 주선일보의 운명을 알고 있었다.

"서 주필께서는 올바른 판단을 하셨습니다. 주선일보의 운명은 여기까지인 것 같습니다."

서주원 주필은 내게 인사를 건넨 후 회의실을 떠났다.

두 사람이 닉스홀딩스를 방문한 다음 날, 검찰은 주선일보를 전격적으로 압수수색했다.

그리고 연이어 국세청이 도쿄미쓰비시은행과 연관된 불법 자금 흐름과 탈세에 대한 조사를 진행하겠다고 발표했다.

압수수색이 끝나고 난 후 박정호 대표는 검찰에 소환되었고, 다음날은 서주원 주필과 신문사 운영에 관련된 임직원들도 검찰에 소환되었다.

여기에 여야 합의로 꾸려진 특검에서도 주선일보에 대한 조사를 진행하기로 결정했다.

경영진의 검찰 소환과 더불어서 주선일보에 대한 불매운동이 벌어졌다.

정기 구독을 하던 가정마다 구독을 끊었고, 신문 가판대에서도 주선일보를 받지 않았다.

구독률이 급속히 떨어지자 기업의 광고는 더욱 떨어졌고, 결국 신문 발행이 중단되는 사태가 발생했다. 신문 용지 대금을 지급할 수 없는 상황에 놓였기 때문이다.

금융권과 명동의 사채업자들도 주선일보에 대출을 해주지 않았다.

결국, 70년이 넘는 시간 동안 여론을 지배하던 주선일보는 7억 4천만 원의 어음을 막지 못하고 부도가 나고 말았다.

뒤늦게 매각을 서둘렀지만, 그 누구도 주선일보를 인수하겠다는 기업이나 단체가 없었다.

*   *   *

정치권과 재계가 사과 박스 사건으로 몸살을 앓고 있는 사이 주식시장은 코스닥의 무서운 상승세로 펄펄 끓고 있었다.

사람들의 관심도 골치 아픈 정치 문제에서 주식으로 옮겨 갔다.

코스닥에 상장한 기업들 중 컴퓨터, 인터넷, 통신, 프로그램 등 닷컴기업으로 인정받은 회사들의 주가가 천정부지로 올라섰다.

이러한 현상은 한국뿐만 아니라 전 세계적으로 벌어지는 일이었다.

하루가 지날 때마다 상한가 기록을 갈아치우는 기업들이 연달아 등장했다.

그 선두에는 한글과 컴퓨터, 한국정보 통신, 다음커뮤니케이션, 그리고 나눔기술이 있었다.

올 11월 말 5만 원대를 돌파했던 나눔기술은 12월에 들어서 7만 원을 가볍게 돌파한 후, 연속된 상한가로 12월 3일 91,300원에 도달했다.

"소빈서울뱅크와 협상을 빨리 진행하셔야 합니다. 이번 달 안으로 10만 원 돌파는 기정사실입니다."

나눔기술의 대표인 이중호가 대산그룹의 정용수 비서실장에게 말했다.

"지금 채권단을 설득하고 있어."

"시간이 지날수록 가격은 더욱 상승할 것입니다. 지금의 기회를 놓치면 얼마나 더 상승할 줄 모릅니다. 대산그룹은 나눔기술을 통해서 다시금 일어날 수 있습니다."

이대수 회장의 구속으로 대산그룹은 위기에 봉착했다.

더구나 한종태 의원을 통해서 들어왔던 로스차일드사의 투자자금 중 일부가 불법적으로 한종태에게 건네졌다는 사실이 밝혀지면서 주선일보에 이어 대산그룹도 세무조사가 진행되었다.

대산그룹에 대출을 해주었던 채권단은 이러한 상황에 민감하게 반응하며 대출 연장을 거절하겠다는 통보를 해왔다.

"채권단이 우리의 말을 듣지 않는 것이 문제야. 나눔기술을 인수하려는 자금으로 대출금을 갚으라고 요구하니까."

"흠, 제가 채권단을 만나보겠습니다. 이전에도 말한 것처럼 제게 그룹의 전권을 넘겨주십시오. 아버지를 설득하실 분은 정 실장님밖에 없습니다."

이대수 회장은 이중호에게 아직은 회사를 맡길 생각이 아니었다.

자신이 없는 동안 정용수 비서실장을 비롯한 그룹의 핵심 사장단들이 공동경영을 통해서 대산그룹을 이끌어 가길 원했다.

이대수 회장이 이러한 판단을 한 이유는 자신이 곧 감옥에서 나갈 수 있다고 여겼기 때문이다.

"알겠네. 이번 면회 때 회장님께 적극적으로 이야기하겠네."

"이대로 상한가가 지속되면 6일쯤에는 나눔기술의 주가가

100만 원을 돌파합니다. 시간을 끌수록 대산그룹이 부담해야 할 자금이 커질 수 있습니다."

나눔기술의 액면가가 500원이었기 때문에 액면가 5,000원으로 환산하면 12월 6일에는 10만 5,000원 곧 105만 원이 되는 것이다.

나눔기술은 지난 10월 미국 현지법인인 다이알패드컴사가 무료 인터넷 전화 서비스를 시작한 후 주가가 급등하기 시작했다.

10월 1일 4,600원에 불과했던 주가가 2개월 만에 20배나 올라선 것이다.

"그래, 마지막 승부수를 던져야지. 하여간 대단해, 직원이 45명밖에 없는 회사가 코오롱 그룹의 시가총액을 넘어섰다는 것이 믿기지 않아."

"이제 시작에 불과합니다. 앞으로 5일 후에 유상증자가 있을 것입니다. 증자 후에 나눔기술이 대산그룹에 인수된다고 발표하면 주가는 천정부지로 솟구칠 것입니다. 물론 대산그룹 계열사들의 주가도 이전처럼 회복될 것이고요."

이대수 회장의 구속으로 인해서 대산그룹 전 계열사들의 주가가 맥을 못 추고 있었다.

로스차일드사에서 투자를 끌어내고, 한일 해저터널의 주관사로 확정적이라는 소식이 전해졌을 때만 해도 대산그룹의 시총은 삼성그룹을 넘어섰었다.

"그래야지. 이젠 자네의 시대가 열렸어. 앞으로 나눔기술처럼 대산그룹을 다시금 비상시킬 것을 믿네."

"물론입니다. 국내 제일의 기업인 닉스홀딩스와 맞먹는 그룹으로 이끌 것입니다."

이중호는 자신감이 넘쳐났다.

코스닥의 황제주로 등극하는 날이 며칠 남지 않았다.

나눔기술보다 시총이 높았던 한글과 컴퓨터와 서울정보 통신을 따라잡았다.

무료 인터넷 전화인 다이얼패드의 전 세계 가입자가 5백만 명 돌파를 코앞에 두고 있는 상황에서, 나눔기술과 비교되는 한글과 컴퓨터, 서울정보 통신은 한국에 국한된 기업이었다.

하지만 나눔기술은 세계를 무대로 뻗어나갈 수 있는 기업인 것이다.

　　"대산그룹에서 나눔기술 지분을 인수하겠다고 공식적으로
제안해 왔습니다."

　　소빈서울뱅크를 맡고 있는 그레고리의 보고였다.

　　소빈서울뱅크는 서울, 외환, 한일, 상업은행 등 국내 은행을
네 개를 인수하여 탄생한 한국 최대 은행이었다.

　　소빈서울뱅크는 국내 은행들이 시행하지 못하는 과감한 혁
신과 변화를 빠르게 진행했고, 그 결과 아시아에서 일본과 홍
콩 은행들에 견주어도 손색이 없는 국제은행으로 재탄생했
다.

소빈서울뱅크는 투자은행으로서 코스닥에 상장한 회사들에 일찍이 투자를 진행하여 놀라운 수익을 올렸다.

코스닥의 상승세가 커질수록 소빈서울뱅크도 비례하여 수익이 높아지고 있었다.

"인수 금액은 얼마로 제안했나?"

"현재 주가보다 25% 상향한 13만 원으로 책정하여 5,200억 원을 지급하겠다고 했습니다."

소빈서울뱅크가 가지고 있는 나눔기술의 주식은 400만 주로 전체 주식 수량의 30%에 해당한다.

나눔기술의 전체 주식 수량은 1,331만 주였다.

"후후! 거저먹으려고 하는군. 앞으로 나눔기술이 얼마나 상승할지 뻔히 알고 있으면서 말이야."

증권사의 애널리스트들은 이구동성으로 나눔기술의 주가가 15만 원을 곧 돌파할 것이라 말하고 있었다.

나눔기술은 내년 2월 18일에는 30만 8천 원까지 상승한다. 물론 그 이후부터는 전 세계의 닷컴 버블이 꺼지면서 동반 추락하고 말았다.

"대산그룹이 생각보다 자금 사정이 좋지 않은 것 같습니다."

"한일 해저터널의 실패가 자금의 흐름을 어렵게 만들었을 거야. 100조 원짜리 도박에 모든 걸 걸었으니까."

"한일 해저터널이 성사되었다면 대산그룹의 운명은 상당히 달라졌을 것입니다."

자리에 함께한 김동진 비서실장의 말이었다.

"그렇게 되었다면 대산그룹을 흔들어놓을 수 없었을 것입니다. 해저터널로 얻어지는 이익이 대산그룹의 든든한 캐시 인플로(현금 유입: Cash-inflow)가 되어주었을 테니까요."

"자금 사정이 좋지 않은 사정에서 나눔기술의 인수는 대산에게 독이 될 것이 분명하겠습니다."

"대산그룹이 지금의 어려움을 반전하기 위해서 나눔기술의 인수가 해답으로 보였겠지요. 하지만 그것이 그룹을 무너뜨릴 치명적인 독이 될 줄은 꿈에도 모를 것입니다. 나눔기술의 지분 인수 협상은 주가가 20만 원을 돌파한 후에 진행하도록 해."

"예, 지분에 대한 충분한 값어치를 받아내겠습니다."

그레고리의 말처럼 대산그룹이 제시한 5,200억 원은 지금 상황에서는 아주 싼 가격이다.

적어도 1조 원은 받아낼 수 있는 상황이었고, 그래야만 대산그룹을 무너뜨릴 수 있었다.

*　　　　*　　　　*

이중호는 정신없이 뛰어다녔다.

나눔기술로 대박이 났지만, 대산그룹을 정상으로 돌려놓기 위해서 밤낮으로 사람들을 만나고 다녔다.

나눔기술의 주가는 어느새 15만 원을 돌파했고, 외국인들과 기관도 나눔기술 주식을 연일 매입하고 있었다.

나눔기술의 주가는 브레이크가 고장 난 자동차처럼 멈추지 않고 내달렸다.

여기에 나눔기술의 광고 모델로 기용된 영화배우 이중훈이 나눔기술 광고료 대신 받은 주식으로 50억 원이 넘는 이익을 얻었다는 소식에 사람들은 자신이 가지고 있던 주식을 팔고는 나눔기술을 앞다투어 매입했다.

연말이 갈수록 코스닥은 펄펄 끓어오르는 가마솥이었다.

"제 주식을 담보로 잡겠습니다. 2천억 원을 융통해 주십시오. 앞으로 나눔기술의 주식은 30만 원도 너끈히 넘을 수 있습니다."

"나눔기술의 잠재력은 잘 알고 있습니다. 하지만 2천억 원은 너무 큰 금액입니다. 대표님의 주식 67만 주를 담보로 잡아도 7백억 원이 부족합니다."

이중호는 명동에서 가장 큰 사채업자인 오백준을 만나고 있었다.

"대산그룹에 나눔기술이 인수되면 단숨에 25만 원을 돌파합니다. 그리되면 3백억 원 정도만 부족하게 됩니다. 제가 부족한 금액은 어떻게든 올해가 가기 전에 메꾸어 드리겠습니다. 절 믿고 한 번만 도와주시면 큰돈을 벌게 해드리겠습니다."

금융권을 알아보았지만 융통할 수 있는 금액은 5백억 원이 최대였다.

그렇다고 이중호가 가지고 있는 주식을 시장에 내다팔 수는 없었다.

이중호는 나눔기술의 전체 주식 5%인 67만 주를 가지고 있었다.

"흠, 담보를 추가해 주십시오. 저도 이 정도의 자금은 담보를 맡기고 돈을 융통해야 합니다."

오백준도 나눔기술의 가능성을 알고 있었다.

이미 20만 원에 도달한 나눔기술의 주가는 이중호의 말처럼 30만 원을 넘을 수도 있었다.

나눔기술의 시가총액은 금호와 동아그룹을 넘어섰다.

"대산식품의 주식 120만 주를 맡기면 어떻겠습니까? 합병되면 대산그룹의 계열사들의 주식도 덩달아 뛸 것입니다.

현재 대산식품의 주가는 액면가 5천 원을 간신히 넘은 5,400원이었다.

120만 주라고 해도 69억 6천만 원이었다.

대산식품은 한일 해저터널 이슈가 한창 오르내릴 때 32,000원까지 올라섰다.

"어디 보자, 대산식품의 주식으로는 부족합니다. 다른 것을 양보한다고 해도 적어도 2백억 이상의 담보가 필요합니다."

오백준은 항상 가지고 다니는 계산기로 대산식품의 주가를 계산했다.

"그럼, 나눔기술 5만 주를 더 추가하고, 본사 건물을 담보로 잡으시죠. 이게 제가 할 수 있는 최선입니다."

이중호는 친구이자 나눔기술의 재무기획이사인 박성호에게 주식을 빌릴 생각으로 말했다.

나눔기술의 본사 건물은 양재동에 자리 잡은 70억 원 상당의 10층 빌딩으로, 유상증자 때 들어온 자금으로 매입했다.

"흠, 조금 부족하긴 한데……."

오백준은 다시금 계산기를 두드리며 말했다.

30억 원 정도가 부족했다.

"이자 50억 원을 4개월 후에 추가로 더 지급하겠습니다."

"좋습니다, 그렇게 하시죠."

이중호의 말에 오백준은 협상을 끝냈다.

2천억 원을 빌려주는 대가로 오백준은 4개월 후, 현금 4백억 원의 이자를 받는 것이다.

그리고 나눔기술 주식 10만 주를 별도로 받기로 했다.

　　　　*　　　　　*　　　　　*

　소빈서울뱅크는 나눔기술의 전체 발행 주식 30%인 4백만
주를 대산그룹에 넘기면서 1조 5백억 원의 현금을 챙겼다.

　지분 양도 계약은 나눔기술의 주가가 21만 원을 돌파한 상
황에서 체결되었다.

　주당 가격은 25만 원으로 책정했고, 5백억 원은 프리미엄이
었다.

　대산그룹의 자체 현금과 계열사의 주식, 그리고 부동산을
담보로 8천5백억 원을 마련했고, 나머지 2천억 원은 나눔기술
의 대표 이중호가 사채를 통해서 조달했다.

　나눔기술의 최대 주주가 대산그룹으로 바뀌면서 나눔기술
은 대산그룹의 계열사로 편입되었다.

　나눔기술은 현재 코스닥 시장의 황제주로서 시가총액이 국
내 대그룹 서열 20위 내인 금호, 롯데, 동아, 코오롱 4개 그룹
을 합친 것보다 많아졌다.

　자산 기준 재계 서열 11위 안에 드는 금호의 시가총액은
4,366억 원이고, 롯데 시가총액은 9,084억 원, 코오롱 시가총액
은 6,322억 원, 동아의 시가총액은 4,247억 원 등, 4개 그룹의
합계 총액은 2조 4,019억 원이었고, 나눔기술은 2조 7,930억 원

이다.

하지만 나눔기술의 매출액은 143억 원에 불과해 4개 그룹 5조 9,362억 원의 0.24% 수준이며, 순이익 또한 4억 7,604만 원으로 4개 그룹 4,450억 원의 0.1%에 불과했다.

한마디로 거품이 낀 모양새였지만 나눔기술의 미래 가치와 묻지 마 투자로 지금의 주식 가격이 형성되었다.

나눔기술은 30대 그룹에서 시가총액 서열 7위에 올라섰고, 한글과컴퓨터, 한국정보 통신도 각 10위, 11위에 올라섰다.

코스닥은 이미 거래소를 넘어서고 있었고, 그 때문에 '코스'닭이 '거래소'를 잡아먹었다는 말이 돌고 있었다.

"하하하! 드디어 대산그룹의 앞날에도 불을 밝힐 수 있게 되었습니다."

기쁨이 가득한 웃음을 내뱉은 이중호는 자신의 앞에 있는 샴페인 잔을 높이 들면서 말했다.

"하하하! 다 자네 덕분이야. 회장님도 아주 기뻐하실 거네."

대산그룹 정용수 비서실장 또한 크게 웃으며 나눔기술의 계열사 편입을 기뻐했다.

"이제 나눔기술의 목표가가 30만 원이 아니라 50만 원까지 돌파해야겠습니다, 하하하!"

나눔기술의 재무기획이사인 박성호도 기쁨을 감추지 못했다.

나눔기술 지분의 성공적인 인수를 축하하는 자리에는 모처럼 웃음소리로 가득했다.

시장은 대산그룹이 나눔기술을 인수한 것에 대해서 긍정적으로 받아들였다.

그 때문인지 대산그룹 계열사들의 주가들도 모처럼 만에 5% 이상 상승했다.

*   *   *

소빈서울뱅크는 나눔기술의 지분을 대산그룹의 넘기는 것을 기점으로 코스닥에 상장한 벤처기업들의 지분을 양도하는 계약들을 연달아 체결했다.

소빈서울뱅크가 투자했던 IT 기업과 벤처기업들이 하나둘 상장하는 상황에서 연속된 상한가와 신고가가 연일 계속되고 있었다.

11월 11일 상장한 다음커뮤니케이션은 25일 상한가를 기록하면서 나눔기술을 바짝 뒤쫓고 있었다.

코스닥에 등록된 IT 기업들은 너 나 할 것 없이 묻지 마 투자의 대상이 되었다.

거래소에서 안정적인 투자를 지향하던 사람들도 놀라운 주가 상승세에 코스닥으로 몰려들었다.

불꽃을 향해 달려드는 불나방들처럼 코스닥은 열풍을 넘어서 광기로 치달았고 사람들은 열광했다.

"소프트뱅크 주식의 5%를 소니에 매각하기로 했습니다. 매각 대금은 6천5백억(6조 7천억) 엔입니다."

김동진 비서실장의 보고였다.

닉스홀딩스는 초창기 소프트뱅크에 2억 달러를 투자하여 7.5%의 지분을 확보했다.

그 이후 꾸준히 투자액을 늘려 지분을 10%까지 확보했다.

소빈뱅크 또한 소프트뱅크 주식과 야후재팬 주식을 10%씩 가지고 있다.

"소니가 소프트뱅크의 잠재력을 확신한 것 같은데요."

"예, 소프트뱅크는 물론이고 야후재팬의 주가가 8천만 엔까지 상승했습니다. 유통되는 주식 수량이 적은 점을 고려하더라도 놀라운 가격입니다."

액면가 5만 엔인 야후재팬 주식은 1997년 11월에 주식이 공개되어 첫 거래 가격이 주당 2백만 엔이었다.

올해 초 170만 엔까지 떨어졌다가 1천만 엔을 돌파한 후 놀라운 속도로 8천만 엔(8억 원)까지 상승했다.

야후재팬의 주식은 내년 1월에는 1억 1백40만 엔에 도달하여 일본 증시 사상 처음으로 1억 엔을 넘어서는 '황제주'로 등극한다.

주식을 처음 공개한 지 2년 2개월 만에 주가가 66배로 뛰어오른 것이다.

"슬슬 야후재팬의 주식도 처분할 때입니다. 현재 소프트뱅크 주식은 얼마지?"

회의에 참석한 소빈사쿠라은행을 맡고 있는 데이비드 최에게 물었다.

"오늘 최종가가 7만 엔(72만 원)입니다."

1월 초 6천엔 대에 불과했던 주당 가격이 11배나 상승한 상태다.

소프트뱅크는 주당 가격이 최대 18만2천8백 엔까지 상승했다.

"닉스홀딩스와 소빈뱅크가 가지고 있는 소프트뱅크 지분과 야후재팬의 지분도 내년 1월을 기점으로 모두 넘기는 협상을 진행하도록 해."

"지분을 모두 파는 것입니까?"

소빈서울뱅크을 이끄는 그레고리가 물었다.

"모두 다 팔아야 해. 미국의 야후와 아마존, 이베이, 아메리카온라인, VA리눅스, 애플, 시스코, 마이크로소프트, 넷플릭스, 인텔의 지분도 넘길 때가 되었어."

소빈뱅크는 VA리눅스 지분을 30%를 가지고 있었다.

AV리눅스는 상장 첫날 800%나 뛰었다.

야후는 올 초 주당 100달러에서 현재 350달러로 3배 이상 상승했고, 아메리카온라인은 주당 35달러에서 92달러로 262%의 주가 상승률을 기록했다.

IT 버블의 정점은 내년 2월까지였다.

소빈뱅크는 미국과 독일, 일본, 한국의 닷컴기업들의 지분을 일찍이 인수하여 최대치의 이익을 낼 예정이다.

이미 나눔기술의 지분을 대산그룹에 넘겨 1조 원의 현금을 확보했다.

이번 소프트뱅크의 지분 5%를 소니에 넘김으로써 6조 5천억 원의 현금이 닉스홀딩스로 들어올 것이다.

"모두 다 말입니까?"

소빈베어스턴스뱅크를 이끄는 존 소콜로프가 물었다.

"끓는 물이 넘칠 때가 되었기 때문이지. 사람들이 바라는 장밋빛 청사진은 지금의 기술로는 이룩할 수가 없어. 이걸 깨닫는 시점이 몇 개월 후가 될 테니까."

인터넷 산업이 기존의 산업을 모두 장악할 것이라는 장밋빛 전망이 쏟아지면서 인터넷 벤처기업들이 막대한 투자 자금을 유치했지만, 막대한 이익을 약속한 닷컴기업들은 현실이라는 장벽에 막힐 수밖에 없었다.

그건 바로 인터넷망이 미래의 초고속망이 아닌 대부분 56K 모뎀이나 케이블망으로 인프라 자체가 완전히 성숙하지 못한 시기였기 때문이다.

느린 속도로 인해 인터넷 서비스와 관련되어 각종 문제가 발생했고, 시간이 지나면서 사람들은 현실을 인지하고 외면하기 시작했다.

"현금화를 진행한 후에는 굴뚝 기업들에 투자를 진행해야 합니까?"

소빈베어스턴스를 이끄는 존 소콜로프가 물었다.

금융 전문가인 소콜로프가 앞으로의 문제를 나에게 묻는 것은 지금까지 벌어졌던 세계적인 금융 이슈들이 내가 예측한 대로 이루어졌기 때문이다.

"굳이 주식을 사들일 필요성은 없어. 앞으로 망할 IT기업들의 특허권을 사들이면 돼. 물론 주가가 떨어진 IT기업은 헐값에 인수를 추진해야겠지만 말이야."

아마존과 넷플릭스, 애플 같은 기업들은 앞으로 옥석으로 거듭나는 기업이다.

"예, 무슨 말씀인지 알겠습니다."

"막대한 현금은 우리에게 협조하는 나라에 투자하고 지하자원을 사들이는 데 쓰일 거야."

천정부지로 솟구치는 IT기업들의 지분을 넘기면 어마어마한 현금이 들어올 것이다.

물론 그 기업을 인수한 회사는 큰 어려움에 봉착할 것이다.

소빈뱅크는 이미 웬만한 나라의 한 해 GDP를 넘어서는 현금을 가지고 있었다.

이번 IT 버블을 통해서 닉스홀딩스와 룩오일NY는 적어도 3천억 달러 이상의 이익을 낼 것으로 추정했다.

Chapter 10

　모스크바는 활기가 넘쳐났다.

　러시아는 98년 말 모라토리엄(채무불이행)의 충격에서 완전히 벗어난 모습을 보이고 있었다.

　올해 들어 국제유가가 작년보다 2배가 급등하면서 러시아에 오일 머니가 들어오고 있었고, 완전히 자리 잡은 소빈금융조세청을 통해서 러시아에서 활동하는 기업들에서 공정하게 세금을 거둬들였다.

　그동안 러시아는 세수 부족으로 인해서 국가의 재정이 부실해져 공무원들과 군인들에게조차 월급을 지급하지 못하는 사태까지 맞이했었다.

제대로 세금을 내면 바보 소리를 듣는 곳이 러시아였다.

하지만 이젠 세금을 내지 않으면 사업을 할 수 없었기에 마피아가 운영하는 기업도 세금을 꼬박꼬박 내고 있었다.

러시아 정부의 재정이 튼튼해지자 그동안 진행할 수 없었던 인프라 사업을 하나둘 시행하기 시작했다.

여기에 룩오일NY와 소빈뱅크가 벌어들인 달러로 인해서 외환 보유고가 상상 최대치로 늘어나자 루블화가 안정되고 환율이 제자리를 찾았다.

룩오일NY도 벌어들인 돈을 러시아에 재투자하면서 여러 곳에 큰 공사들이 진행되고 있었다.

모스크바의 스베르타운에는 105층짜리 소빈월드타워가 들어서는 공사가 시작되었다.

러시아에서 최고의 빌딩이 될 공사에는 18억 4천만 달러가 소요될 예정이며, 룩오일NY가 사들인 종합건설사인 에이컴(Aecom)이 설계했다.

1,373명의 건축가가 일하는 에이컴은 전 세계 건축 설계 회사 중에 1위를 차지한 곳이다.

에이컴은 에너지, 오일, 가스, 교통, 공항, 수자원 등 다양한 분야에서 활동하고 있었다.

에이컴은 닉스E&C와 협력 관계를 통해서 각 나라의 국가

적인 프로젝트에 적극적으로 진출하여 많은 공사를 수행 중이다.

소빈월드타워 착공식에는 러시아의 대통령인 키리엔코와 프리마코프 연방총리가 참석했다.

"진심으로 축하드립니다. 러시아에도 전 세계에 자랑할 수 있는 최첨단 빌딩이 들어설 수 있다는 것이 정말 고무적입니다."

키리엔코 대통령은 지상 105층에 높이 480m의 빌딩이 세워질 수 있다는 것이 무척이나 자랑스럽게 여겼다.

100층이 넘어가는 빌딩을 세운다는 것은 보통의 나라에서는 할 수 없는 일이었다.

더구나 작년 말 경제 위기에 봉착했던 러시아가 105층의 빌딩을 세운다는 것은 대외적으로 위기를 벗어났다는 신호를 줄 수 있는 일이었다.

"러시아 정부와 대통령께서 많은 도움을 주신 덕분입니다."

"하하하! 저희가 한 일은 아주 작은 일일 뿐입니다. 회장님께서 러시아를 위대한 나라로 만들어주실 것이라 믿고 있습니다."

옆에 있던 프리마코프 연방총리가 크게 웃으면서 말했다.

그의 말처럼 룩오일NY와 소빈뱅크가 막대한 돈을 풀기 시작했다.

소빈월드타워를 비롯하여 룩오일NY 계열사들이 올해 중순부터 대대적인 투자를 단행하고 있었다.

올 초부터 지금까지 149억 달러의 자금이 집행되었다.

이것은 러시아가 올해 초 가지고 있던 외환 보유액 117억 달러보다 높은 금액이었다.

이 때문에 지난해 실업률 11.8%보다 높아졌던 12.3%의 실업률이 6.8%로 급격히 떨어졌다.

"정부가 할 수 없는 일들을 회장님께서는 해내시고 있습니다. 회장님이 계시지 않았다면 러시아 국민들은 아직도 굶주림과 절망 속에서 벗어나지 못했을 것입니다."

키리엔코 대통령도 나에 대한 칭찬과 신뢰를 내보였다.

나의 도움으로 대통령에 올라선 키리엔코는 자신이 할 수 있는 일이 크게 없다는 것을 깨닫는 데까지 시간이 얼마 걸리지 않았다.

달러당 6불이었던 루블화가 24불로 치솟아 가치가 폭락할 때, 룩오일NY와 소빈뱅크가 달러를 들여와 시장에 풀었다.

그 금액이 380억 달러에 달했고, 달러당 24불까지 폭락했던 루블화는 다시금 달러당 5불로 빠르게 안정되었다.

이때 루블화를 공격했던 환투기 세력은 큰 손해를 입었다.

위기의 시절 러시아 국민들은 한 달에 872루블(43,200원)의

최저 생활비로 생활하는 비율이 10.8%에서 12.3%로 빠르게 늘어났다.

그러나 도시락과 도시락마트, 그리고 배송 업체인 부란을 통해서 값싼 제품들을 시장에 공급하여 치솟는 물가를 잡았다.

러시아 정부에 돈이 들어오기 시작하자 룩오일NY와 소빈뱅크와 함께 대대적인 투자를 단행하여 국민 최저 생활비를 1,100루블까지 늘렸다.

"러시아는 그동안 겪었던 악몽에서 벗어났습니다. 잠에서 깨어난 거인은 이제부터 기지개를 켜며 세계에 우뚝 설 것입니다."

38억 달러가 투자되었던 러시아 최대 정유 회사인 시단코의 첨단 시설로의 교체 작업과 확장 공사가 내년에 끝난다.

이 공사를 통해서 시단코는 수입에만 의존하던 고급 휘발유와 정제유, 기초 화학제품들이 생산되어 유럽과 중국으로 수출될 것이다.

여기에 시베리아 횡단철도를 통해서 신의주특별행정구와 한국에서 만들어진 제품들이 유럽으로 향하고 있었다.

저렴하고 질이 좋은 제품들이 유라시아 대륙으로 쏟아져 들어오자 러시아의 물가는 더욱 안정되어 갔다.

물가와 환율이 안정되자 러시아 정부는 자신감을 되찾았고, 이에 화답하듯이 룩오일NY를 비롯한 러시아 기업들도 대대적인 투자에 나서기 시작했다.

"하하하! 회장님과 룩오일NY가 있는 한 러시아는 옛 영광을 되찾아올 것으로 확신합니다."

키리엔코 대통령은 기분 좋게 웃으며 말했다.

러시아는 작년에 국제통화기금(IMF)에 빌렸던 45억 달러의 외채를 11월에 모두 갚았다.

서방 채권국 모임인 파리 클럽과도 러시아가 빌린 부채 400억 달러를 향후 15년 동안 나누어 갚기로 협상을 끝냈다.

러시아는 구소련에서 넘어온 외채 1,000억 달러를 포함한 총 1,500억 달러의 외채를 안고 있었다.

이 중 200억 달러는 협상을 통해서 탕감받았고, 300억 달러는 소빈뱅크에게서 빌린 돈이다.

고무적인 것은 러시아는 올 상반기만 168억 달러의 흑자를 기록했고, 그 규모가 크게 늘고 있었다.

작년에 고작 17억 달러의 흑자를 기록했다.

"러시아도 영국과 미국처럼 금융 강국으로 재탄생하여 새로운 시대를 맞이하게 될 것입니다. 더구나 새 시대를 지키기 위해서는 강한 군대가 절실히 필요합니다."

"회장님의 말씀에 적극적으로 동감합니다. 모든 상황이 안정되어 가고 있는 시점에서 새 시대에 걸맞은 군대를 재정비할 예정입니다."

프리마코프 연방총리의 말처럼 정치와 경제가 안정을 되찾자 러시아 정부는 다시금 군사력에 자금을 투자할 여력을 갖추게 되었다.

　기업들에게서 나오는 세수와 오일 머니가 러시아 정부 곳간을 채우고 있었기에 구소련 시절의 강력한 군대를 조성할 수 있게 된 것이다.

　러시아 공군의 핵심인 수호이 설계국과 미그(MIG) 설계국이 본격적으로 재가동되기 시작했다.

　해군 또한 전함과 잠수함을 건조하는 상트페테르부르크 조선소와 룩오일NY가 소유한 세브마쉬 조선소의 현대화 계획이 내년 말이면 모두 끝이 난다.

　겨울 동안 움츠렸던 곰이 다시금 활동하기 위한 준비를 하나둘 갖추고 있었다.

＊　　　＊　　　＊

　말르노프 조직을 이끄는 샤샤를 오랜만에 마주했다.

　샤샤가 이끄는 말르노프는 이탈리아를 끊임없이 침공하여 북부 이탈리아를 손에 넣었다.

　말르노프에 협조하는 사크라 코로나 우니타는 카모라가 지배하던 캄파니아주를 지배하게 되었다.

말르노프의 샤샤를 암살하기 위해 암살자를 모스크바로 보내기도 했던 카모라의 몰락은 사크라 코로나 우니타의 배신으로 촉발되었다.

굳건했던 이탈리아 마피아의 결속은 알바니아, 크로아티아, 슬로베니아, 보스니아, 그리스, 터키에서 러시아 마피아 조직인 말르노프와 라리오노프에게 밀리면서 흔들리기 시작했다.

이탈리아 마피아들에게 큰 이익을 남겨주었던 담배와 술, 그리고 마약 루트를 러시아 마피아에게 모두 빼앗겼다.

그러자 4대 조직은 좁은 이탈리아 반도에 갇혀 무언가를 하기에는 무척 힘이 들었다.

러시아제 무기로 무장한 말르노프와 라리오노프는 이탈리아 마피아 조직보다도 화력에서도 정보전에서 한참 앞섰다.

동유럽은 물론 서유럽의 시장에서도 이탈리아 마피아는 설 자리를 잃게 되자, 가장 세력이 떨어졌던 사크라 코로나 우니타가 말르노프에게 고개를 숙이고 들어갔다.

그에 대한 대가는 술과 담배 밀수의 루트를 다시금 열어준 것이다.

조직에 돈이 들어오자 사크라 코로나 우니타는 러시아제 무기로 무장한 채 카모라를 쳤다.

무장이 딸리고 사기와 돈줄이 떨어진 카모라는 사크라 코로나 우니타의 파상 공세를 버텨내지 못했다.

카모라는 은드란게타와 코사 노스트라에 도움을 요청했지만, 두 조직은 팔짱만 낀 채로 도움을 묵살했다.

이미 대세가 기울었다는 것을 두 조직은 알고 있었고, 러시아 마피아와의 싸움은 조직의 붕괴를 이끌 뿐이라는 것을 깨달았다.

이탈리아 정부의 강력한 마피아 소탕전 때문에도 두 조직은 나설 수 없었다.

사크라 코로나 우니타가 카모라의 세력권을 차지함으로써 러시아 마피아는 남하를 멈추고, 북부 이탈리아를 차지한 것으로 전쟁을 종식하기로 했다.

양 조직 간의 계속된 싸움은 서로에게 막대한 손해를 끼치기 때문이다.

"이탈리아 마피아를 남부에 가두어놓았습니다. 이젠 그들은 서서히 조직이 축소되어 이전에 영화를 누리지 못할 것입니다."

"잘되었어. 이스트의 손발을 잘라놓아야만 머리와 몸통을 노릴 수가 있으니까."

그동안 이탈리아 마피아는 이스트 세력의 손발이 되어 그들의 뒤치다꺼리들을 도맡아 왔었다.

전통의 이탈리아 마피아가 러시아에 밀리게 될 줄은 이스트 세력도 예측하지 못한 일이었다.

러시아를 혼란을 빠뜨리기 위해서 이스트 세력은 러시아 마피아를 방조하듯이 지켜보기만 했고, 그 전략은 성공하는 듯이 세력이 커진 마피아가 러시아를 휘저어놓았다.

그러나 나의 등장으로 모든 것이 달라진 것이다.

"서유럽도 큰 무리 없이 저희와 라리오노프가 대부분 장악했습니다.

동유럽보다 치안이 안정된 서유럽 국가에는 러시아 마피아나 이탈리아 마피아와 같은 큰 조직이 없었다.

그나마 아일랜드 마피아가 있었지만, 러시아 마피아에 비견될 만한 조직이 아니었다.

더구나 말르노프 조직은 불법 무기 시장의 85%를 장악했다.

"이탈리아 마피아까지 꼬리를 내렸으니, 유럽에서 대적할 만한 조직은 모두 사라졌군."

악명 높은 알바니아 마피아도 말르노프에게 흡수되다시피 했다.

유럽에서 대항하던 조직들 대다수가 러시아 마피아와의 전쟁에서 패하며 말르노프와 라리오노프의 휘하 조직으로 들어왔다.

"예, 미국에서도 다양한 사업으로 고무적인 성과를 내고 있습니다."

샤샤는 수단이 좋았고 사람을 다룰 줄 알았다.

그는 부하들에게 인색하지 않았고, 투항한 적에게 관용을 베풀 줄 알았다.

하지만 말르노프에게 끝까지 대항하는 조직은 본보기로 모두 몰살시켜 버리는 잔인함도 보여주었다.

이러한 결과 말르노프는 명실상부 유럽 최대의 조직으로 성장했다.

"놀라운 성장세야. 기업을 운영했어도 좋은 성과를 냈을 것 같은데?"

"하하! 저는 이 세계가 맞습니다. 회장님께서 도와주시지 않았다면 지금의 저도 없었을 것입니다."

샤샤의 말처럼 말르노프의 뒤를 받쳐준 것은 코사크였다.

말르노프와 전쟁을 벌였던 조직들은 샤샤를 암살하기 위해 수많은 시도를 했지만, 번번이 코사크에 의해 저지당했다.

샤샤를 보호한 이유는 지하 세계를 이끌 인물이 필요했기 때문이다. 코사크가 아무리 강력하다고는 해도 러시아 마피아를 모두 사라지게 할 수는 193없었다.

큰 조직이 사라지면 그 조직을 대신할 조직이 새롭게 탄생했고, 오히려 큰 조직에서 나누어진 군소 조직 간의 싸움으로 시민들이 더 큰 피해를 당했다.

조직이 작아지면 통제하기가 더 어렵고 치안이 더욱 불안해
진다.

　"말르노프가 진행하는 일에 대해서는 특별히 관여할 생각
이 없다. 하지만 마약과 인신매매는 최대한 피했으면 한다."

　"명심하겠습니다. 러시아와 회장님 말씀하시는 곳에서는 그
러한 일이 절대로 일어나지 않을 것입니다."

　다른 곳에서는 확답할 수 없다는 이야기를 꺼냈다.

　말르노프 휘하에 들어온 조직들 모두에게 그러한 일을 중
단하라고 할 수가 없기 때문이다.

　그렇기 위해서는 그들 조직에게 수입원을 제공해야만 했다.

　"러시아는 새롭게 태어나야 한다. 그렇기 위해서는 적잖은
쓰레기들을 정리해야만 하지."

　러시아의 핵심 정보와 국부를 팔아넘기는 정치인과 올리가
르히(신흥부자)들이었다.

　이들은 지방정부와 손을 잡고서 러시아 국유기업의 소유물
들을 불법적으로 판매하거나 무단으로 이용하고 있었다.

　더구나 말르노프와 라리오노프, 그리고 극동의 캅카스 조
직의 영향력 아래에 있지 않은 러시아 마피아와 손을 잡고서
마약을 들여오려는 움직임도 있었다.

　내 지시를 따르는 세 조직은 러시아를 벗어나 세력을 넓히
는 동안 내부에 힘을 쓰지 않았다.

"유럽이 정리되었습니다. 이제 그동안 미루어 두었던 내부를 청소하시면 됩니다."

러시아 내부에서 마피아 간의 전쟁을 허락하지 않았다. 그러는 사이 작은 마피아 조직들이 말르노프와 라리오노프 눈을 피해 이권에 따라 힘을 합쳤다.

그리고 그들은 중앙정부를 벗어나 지방정부의 관료들에게 뇌물을 주고 불법을 자행하고 있었다.

큰 분쟁이 아닌 이상 코사크는 관여하지 않았었다.

"그래야지, 러시아의 변화는 부패한 경찰부터 시작될 거야. 코사크정보센터에서 조사한 마피아 조직들이다. 이 중에 빨간색으로 칠해진 조직을 지워라."

샤샤에게 넘겨준 서류에는 그동안 코사크정보센터가 조사한 마피아 조직들에 관한 내용이 들어 있었다.

러시아를 새롭게 하기 위한 프로젝트가 본격적으로 가동되기 위해서는 부패한 환부를 본격적으로 도려내야만 했다.

"말씀대로 따르겠습니다."

샤샤는 명단이 든 서류를 펼치면서 말했다.

이와 관련된 서류들은 라리오노프를 이끄는 게오르기와 캅카스를 이끄는 마트베이에게도 전달되었다.

*   *   *

모스크바 방송은 연일 부패한 정치인과 관료들에 보도를 내보냈다.

러시아 정부가 진행하는 국책 사업과 인프라 건설 사업을 이용하여 불법적인 부를 쌓은 정부 관료들과 기업인들이 체포되기 시작한 것이다.

러시아 검찰과 경찰은 막대한 뇌물을 받은 관련자들을 전격적으로 체포하여 본격적인 조사를 벌였다.

이와 함께 러시아 마피아 조직들의 두목급 인물들의 사망 소식들도 전해졌다.

이들은 마약과 인신매매, 그리고 청부살인을 주된 사업으로 하던 조직들이었다.

여기에 마피아 조직과 연관된 경찰들과 국회의원도 체포되었다.

체포된 인원들의 숫자가 수백 명에 달했고, 러시아 관료들은 이 소식에 불안함을 감추지 못했다.

이와 함께 러시아 국방부도 국방 비리와 연관된 자들을 절대로 용서할 수 없다는 대변인 발표와 함께 수십 명의 장성들과 관련자들이 특별감찰팀에 체포되었다.

"청소 작업이 시작되었습니다."

루슬란 비서실장이 코사크와 검찰에 체포된 인물들의 명단을 내게 보고하며 말했다.

자치구나 지방정부에서 권력을 휘두르며 왕처럼 지냈던 관료들도 전격적으로 체포되어 모스크바로 압송되었다.

"프리마코프 연방총리의 반응은 어떻지?"

"최대한 침착한 모습을 보이려는 모습이었지만, 당황한 기색이 역력합니다. 최종적으로 자신에게 칼날이 겨누어졌다는 것을 알고 있을 것입니다."

루슬란 비서실장의 말처럼 프리마코프 연방총리와 관련된 인물들 상당수가 체포되었다.

프리마코프 연방총리는 국유 기업 매각과 연관되어 자기 아들이 대표로 있는 에탈론에게 상당한 특혜를 부여했다.

문제는 매각을 진행할 수 없는 국유 기업들도 편법을 동원하여 에탈론에게 넘겼다.

에탈론은 이러한 과정에서 급속하게 성장하여 그룹의 위용을 갖추었다.

러시아를 위해서 힘쓰던 프리마코프 연방총리도 아들의 문제에 있어 넘지 말아야 할 선을 넘어버렸다.

"에탈론에 대한 조사도 진행 중이겠지?"

"예, 이번에 해군에 납품한 연안 경비정에 물이 새는 등 문제점투성이라고 합니다."

"불법이 연관된 곳은 어디나 똑같군. 철저하게 조사해서 관련자 모두를 강력하게 처벌해야 해. 국방 비리와 연관된 문제는 절대 용서하면 안 되니까."

한국도 늘 발생하는 것이 국방 비리였다.

문제는 언제나 솜방망이 처벌로 끝이 났고, 관련된 자들은 군에서 떠나도 잘 먹고 잘살았다.

하지만 러시아는 이러한 모습에 절대 관대하지 않을 것이다.

"국민들도 분노하고 있습니다. 이번 사건을 그냥 넘어가면 안 된다는 여론이 형성되고 있습니다."

막강한 권력을 가지고 있다고 해도 명분과 국민의 지지를 받지 못하면 개혁을 이룰 수 없었다.

국민들의 절대적인 지지를 받는다고 해도 기득권보다 강력한 힘을 갖고 있지 못한다면 그 또한 실패를 맛볼 수밖에 없다.

난 이 두 가지를 모두 손에 넣은 후에 러시아를 바꾸어가고 있었다.

"물론, 그냥 넘어갈 수 없지. 러시아가 올바르게 나아가기 위해서는 거쳐야 할 과정인 거야. 아래가 정리되었다면 이젠 위쪽이 정리되어야 할 차례이지."

러시아 정치권과 관료가 바뀐 것은 푸틴의 쿠데타 이후에 대통령과 몇몇 관료들뿐이었다.

옐친이 집권했을 때의 관행과 부패가 여전히 심하게 자리 잡고 있었다.

러시아 마피아를 비롯하여 올리가르히(신흥 부자)들은 조금씩 변화를 받아들이고 불법적인 일에서 손을 떼는 기업들이 많아졌다.

남은 것은 정치권과 관료들이었다.

"소콜로프와 아파나시예프가 회장님의 뜻을 잘 받들 것입니다."

루슬란 비서실장이 말하는 소콜로프는 내무장관이었고, 아파나시예프는 검찰총장이었다.

그들 모두 나를 따르는 인물들이었다.

Chapter 11

프리마코프 연방총리가 사임했다.

그의 아들인 쿠나제가 경찰에 전격적으로 체포되었기 때문
이다.

경찰에 체포된 쿠나제는 곧바로 신병이 검찰로 넘겨졌다.
쿠나제와 함께 국방 비리와 연관된 자들도 모두 체포되었다.

아버지의 후광으로 막강한 권력과 이권 사업을 통해서 급
속하게 에탈론을 키웠던 쿠나제의 몰락은 예정된 것이었다.

러시아의 모라토리엄 선언으로 인한 경제적 혼란을 줄이기
위해서 체포를 늦춘 것뿐이었다.

경제적인 안정을 맞이한 러시아에 전방적인 개혁이 필요한 시기가 도래한 것이다.

프리마코프 연방총리의 사임과 함께 키리엔코 대통령은 특별 담화를 통해서 반부패와의 전쟁을 선언했다.

그리고 이 전쟁에 승리를 위해서 코사크의 적극적인 협조를 요청했다.

부패 정치인과 관료, 그리고 기업인들의 조사와 수사를 러시아 대통령이 공식적으로 코사크에 요청한 것이다.

키리엔코 대통령의 발표 이후 러시아를 빠져나가려고 했던 수많은 인물들이 공항에서 코사크에 의해 대거 체포되었다.

러시아는 밀레니엄(새천년)을 맞이해 새로운 국가로 탄생하기 위한 첫걸음이 시작되고 있었다.

*   *   *

코사크와 러시아 검찰은 관료들에 대한 대대적인 사정 작업에 들어갔다.

비리에 연루된 정치인들과 관료, 그리고 경찰들이 줄줄이 체포되었다.

비리와 연관된 자료들을 일찍부터 수집했던 코사크는 이미 모든 준비를 하고 있었다.

야쿠츠크에 새로운 교도소를 지어 범죄자들을 수용할 준비
까지 마쳐놓았다.

정치인과 관료들의 비리가 하나둘 밝혀질 때마다 작계는
수십만 달러에서 수천만 달러까지 자신의 이익을 위해 뇌물
을 받았고 서슴없이 불법을 저질렀다.

작은 도둑들은 현직에서 파면하고 돈을 2배로 갚으면 죄를
묻지 않았다.

비리를 저지른 인물들을 모두 기소하기에는 인원들이 너무
많았기 때문이다.

남이 하니까 나도 한다는 식의 불법적인 관행이 일반 관료
들에게까지 팽배하게 퍼졌다.

모스크바방송을 비롯한 러시아 언론들은 정치인과 관료들
이 저지른 어처구니없는 비리를 연일 보도하기 바빴다.

언론 보도를 접한 러시아 국민들은 절대로 용서하지 말라
며 국회의사당 앞에서 시위까지 벌였다.

경제적 위기로 인해서 굶주림에 시달렸던 국민들은 뇌물로
받은 돈으로 고급 외제 차와 명품은 물론이고, 고급 주택에서
떵떵거리며 사는 관리들의 모습에 크게 분노했다.

국민에게 돌아갈 연금을 빼돌려서 고급 요트를 산 관리가
성난 시민들에게 맞아 죽을 뻔한 일도 벌어졌다.

마피아처럼 상점들에 보호비를 강탈했던 경찰들도 모조리

옷을 벗고 체포되어 감옥에 갇혔다.

수백 명의 경찰들이 비리로 체포되어 감옥에 갇히자 언론들은 치안 공백에 대한 우려를 표했지만, 염려했던 일은 일어나지 않았다.

예상과 달리 마피아들의 활동은 오히려 줄어들었고, 사건 사고도 평소보다 적었다.

더구나 경찰들의 공백을 코사크가 충분히 메꾸고 있었다.

크렘린궁은 코사크와 검찰이 벌이는 사정 작업은 한시적인 것이 아니며 기간이 정해진 것이 아니라고 발표했다.

이와 함께 국방 비리를 저지른 인물들은 즉각적으로 구속되어 감옥에 갇힐 뿐만 아니라 재산이 몰수되었다.

해외로 빼돌렸던 재산들도 동결되어 러시아로 돌아오는 작업이 소빈뱅크를 통해 진행되었다.

재산을 내어놓지 않은 인물들은 평생을 감옥에 갇혀 시베리아의 추위와 싸워야 하는 상황에 놓였다.

이러한 사실에 하나둘 자신이 숨겨놓은 자금을 뱉어내기 시작했다.

"정치인과 관료들에게 크나큰 경종을 울렸습니다. 다들 스스로 숨겨놓았던 자금을 내어놓고 있습니다."

루슬란 비서실장의 말이었다.

러시아는 아직은 민주주의 국가가 아니었다.

이 때문에 범죄인들은 자신에게 벌어질 상황을 크게 두려워할 수밖에 없었다.

지금까지 권력과 돈으로 범죄 행위에 대한 대가를 치르지 않았던 인물들이 된서리를 맞게 되었다.

그들이 기댈 수 있는 권력과 관용이 사라졌기 때문이다.

"러시아의 창고에 돈이 쌓이겠군. 앞으로는 국고를 축내는 인간들이 어떤 처벌을 받게 되는지 똑똑히 알게 될 거야."

"이번 일로 관료들의 행동이 달라진 모습이 확연히 보입니다."

"달라지지 않으면 러시아는 새로운 천 년을 맞이할 수 없어. 미래는 더욱 빠르게 변하고 나라 간의 경쟁은 더욱 심화되니까. 룩오일NY도 지금에 만족하고 정체되는 순간 뒷걸음칠 수밖에 없어."

"예, 회장님의 뜻에 부합될 수 있도록 끊임없이 변화를 받아들이고 있습니다."

"룩오일NY와 소빈뱅크는 너무 빠른 속도로 성장을 해왔어. 고속 성장에는 반드시 부작용이 따르게 되어 있지. 이젠 새로운 도전을 위해 조직을 재정비할 때가 되었어."

룩오일NY와 소빈뱅크는 성장과 함께 수많은 기업들을 인수·합병해 왔다.

회사의 규모가 커지자 조직은 방대해졌고, 그에 따른 업무 효율이 이전보다 떨어지기 시작했다.

"미래기획팀에서 지시와 보고 체계를 단순화하는 작업에 대한 시뮬레이션을 시작했습니다. 결과가 나오는 대로 모든 사업장에 적용할 예정입니다."

업무의 과정에서 지시와 보고를 반복하는 과정에서 오는 비효율성을 줄이고, 임원이 가지고 있는 일에 대한 책임과 권한을 밑에 직원들에게 나누어주는 분배 작업도 병행하는 작업이었다.

빠른 판단을 현장에서 먼저 수행하고, 사후에 보고하는 체계로도 변경하는 작업도 함께 추진되고 있었다.

대신 비리와 책임 회피에 대한 감시체계도 마련 중이다.

업무 효율성을 극대화하는 작업을 끊임없이 연구하고 수행하는 기업은 룩오일NY와 닉스홀딩스가 유일했다.

10년 후에나 가능했던 일들을 두 기업은 먼저 수행하고 있었다.

"일시적인 부작용을 무서워해서 변화를 미루면 우린 절대 앞서갈 수 없어. 이젠 룩오일NY는 러시아를 벗어나 전 세계를 주도하는 기업으로 나아가야 할 시기야."

"예, 충분히 그만한 힘을 갖추고 있습니다."

소빈뱅크 은행장인 이고르의 자신감 넘치는 말이었다.

룩오일NY 산하에 있는 소빈뱅크는 이미 룩오일NY를 넘어서는 이익을 내고 있었다.

IT 관련 주식들이 전 세계적으로 폭등하고 있는 지금, 소빈뱅크는 관련 주식들로 인해서 이미 1천억 달러의 이익을 냈다.

"그렇다고 자만은 금물이야. 우리보다 앞선 기업들이 어떤 길을 걸었는지를 잊으면 절대 안 돼. 앞으로서도 잘 될 것이라는 환상은 자칫 우리가 이룩한 것들을 무너뜨릴 수 있는 독이 된다는 것을 알아야 해."

"명심하겠습니다."

내 말에 이고르 은행장은 고개를 숙이며 말했다.

소빈뱅크가 탄생한 이후 지금처럼 엄청난 이익을 낸 경우는 없었다.

내년 2월까지 2천억 달러 이상의 이익이 발생할 예정이다.

경이적인 이익에 대해 다들 마음이 들뜰 수밖에 없었지만, 이스트와 웨스트 세력과의 싸움에 있어 방심은 금물이었다.

"우린 지금 이스트와 웨스트 세력과의 싸움에서 그들의 힘을 조금 약화시킨 것뿐이야. 최후의 승리를 위해서는 우리가 처음 가졌던 마음을 절대 잊으면 안 돼. 러시아가 나락으로 떨어질 뻔했던 시절을 말이야."

이스트와 웨스트 세력은 러시아를 철저하게 무너뜨리려고

했다.

정치적으로나 경제적으로 두 세력에게 종속시키려고 했고, 그 작업은 구소련의 해체와 보수파의 쿠데타까지 치밀하게 진행되었다.

나로 인해 계획이 실패하자 아시아 외환위기를 통해서 다시금 러시아를 흔들어놓으려고 했다.

하지만 오히려 그러한 일들로 인해서 자신들의 세력이 축소되는 상황에 놓이게 되었다.

그리고 이제 IT 버블로 이용하여 두 세계에게 결정적인 크로스 카운터를 날릴 차례였다.

*　　　　*　　　　*

이중호는 대산그룹 본사로 출근했다.

이대수 회장이 뇌물 공여와 횡령으로 재판을 받고 있는 상황에서 대산그룹을 이끌기 위해서였다.

이대수 회장이 나올 때까지 대산그룹의 핵심 사장단과 공동으로 경영하는 형식이었지만, 실질적으로 이중호와 정용수 비서실장이 투 톱 체제로 이끌고 있었다.

대산그룹의 김덕현 부회장은 이번 사과 박스 사건으로 인해 부회장직에서 물러났고, 그 또한 검찰에 조사를 받고 있었다.

김덕현 부회장의 아들인 김상중 전무도 중국 사업 실패와 신사업 부진의 책임을 지고서 대산그룹을 떠났다.

위기에 흔들리는 대산그룹의 구원투수는 이중호였다.

이중호는 그룹기획실장이라는 이사급 직분으로 대산그룹 업무에 복귀했다.

나눔기술이 대산그룹의 계열사로 편입되었기 때문에 나눔기술 대표로서의 업무도 함께 볼 수 있었다.

나눔기술의 주가는 대산그룹에 인수된 이후 일시적인 조정으로 15만 원 아래로 떨어진 상태였다.

"나눔기술의 주가가 조금 조정을 받는데."

정용수 비서실장이 나눔기술의 주식시세를 보며 말했다.

나눔기술의 주가 추이에 따라서 대산그룹의 계열사들의 주가도 영향을 받았다.

그만큼 대산그룹의 체력이 약해진 상태였다.

"일시적인 일입니다. 시장에서 지분을 좀 더 확보하려고 일부러 떨어드리고 있습니다."

"그랬군. 얼마까지 내릴 생각인데?"

정용수 비서실장은 궁금한 표정으로 물었다.

"12만 원대까지 보고는 있지만, 시장 상황에 따라서는 13만 원대가 될 수도 있습니다. 실장님도 이때 조금 담아두세요. 조만간 다시 로켓을 쏘아 올릴 것입니다."

"어떤 로켓인지 물어봐도 될까?"

나눔기술에 관련된 일들은 이중호에게 전적으로 맡기고 있었다.

"물론입니다. 미국 현지 법인인 다이얼패드사의 주식을 내년 초 나스닥에 직상장할 것입니다. 이 소식을 다음 주에 발표할 예정이고요."

"하하하! 정말 달나라까지 갈 로켓인데."

이중호의 말에 정용수 비서실장이 큰 웃음을 터뜨렸다.

"실장님만 알고 계십시오. 말이 흘러나가면 작업이 힘들어지니까요."

"하하하! 그거야 당연하지. 하여간 자네 덕에 목돈 좀 만져보겠어."

"하하! 나눔기술을 대산의 아래로 둘 수 있는 혜택이라고 생각하시면 됩니다. 발표가 난 후에는 20만 원을 넘어서 25만 대까지 곧바로 올라갈 것입니다."

이중호는 나눔기술을 통해서 대산그룹의 이익을 극대화시키려는 작업을 계속 진행 중이었다.

물론 자신이 가져갈 이익도 지금보다 훨씬 커져야만 했다.

다이알패드가 나스닥에 상장하는 날 나눔기술의 주가는

100만 원을 돌파할 것이 눈에 보였다.

액면가 500원짜리 주식인 나눔기술이 1천만 원이 되는 것이다.

나스닥과 코스닥의 지수가 무섭게 올라가는 지금의 상황에서는 충분히 가능한 시나리오였다.

＊   ＊   ＊

마카오의 주권이 442년 만에 중국 품으로 반환되었다.

중국과 포르투갈의 국가 원수를 비롯하여 전 세계에서 2,500명에 달하는 귀빈들이 참석한 가운데 마카오의 주권 반환식이 거행될 예정이었다.

여의도 두 배 정도 크기에 마카오는 카지노와 관장 산업이 전부였지만, 중국은 주강 삼각주의 배후 지역을 붙여 경제 성장의 날개를 달아주었다.

마카오의 입구인 주하이와 광저우를 연결하는 54km의 고속도로도 최근에 개통되어 마카오 경제권이 부상되고 있었다.

마카오 반환 행사에 참여하기 위해 마카오에 도착한 장쩌민 국가주석을 안내하는 인물은 놀랍게도 천녀라 불리는 송예인이었다.

그녀의 뒤에는 초대 마카오 행정장관인 에드먼드 호가 뒤

따랐다.

마카오 행정장관보다 앞서서 장쩌민 주석을 맞이하는 천녀의 모습에서 그녀가 가진 권위가 느껴졌다.

"하하하! 천녀께서 이리 직접 나와주셔서 감사합니다."

장쩌민 주석은 천녀가 초면이 아닌 듯 인사를 반갑게 나누었다.

"주석님께서 오셨는데, 당연한 일이지요. 오늘 같은 경사를 맞이할 수 있다는 것이 참으로 기쁩니다."

"하하하! 말씀처럼 아주 기쁜 날입니다. 중국이 새로운 시대를 맞이할 지금이야말로 천녀님의 축복이 필요합니다."

"중국의 앞날에는 거칠 것이 없을 것입니다. 주석님의 지도력과 중국 인민의 저력이 세계를 지배할 것이기 때문입니다."

"하하하! 천녀님의 말씀을 듣는 것만으로도 힘이 나는 것 같습니다."

장쩌민 주석은 주변이 떠나갈 정도로 큰 소리로 기쁨의 웃음을 토해냈다.

하나의 중국을 내세우는 중국의 발걸음이 차근차근 세계를 향해 거침없이 나아가고 있었다.

그 길에 있어 놀랍게도 천녀가 중국의 지도부에 영향을 주는 인물로 등장한 것이다.

       *   *   *

러시아의 급작스러운 변화에 서방과 미국은 놀라움을 감추지 못했다.

비리에 연루된 정치인과 관리들이 대거 직책에서 물러남과 동시에 코사크와 검찰에 체포되어 재판에 넘겨졌기 때문이다.

행정부와 의회는 물론 사법기관에 속한 관계자들도 체포되어 법의 심판대 앞에 설 수밖에 없었다.

이번 일은 그 누구도 예상할 수 없게 전격적으로 이루어져 집단적인 반발을 할 수 없었다.

프리마코프 연방총리의 사퇴와 함께 세 명의 장관이 바뀌었고, 연방총리도 새롭게 임명되었다.

새로운 연방총리가 된 이고르 이바노프는 룩오일NY의 출신으로 나를 진심으로 따르는 인물 중 하나였다.

바뀐 세 명의 장관들도 룩오일NY와 연관된 인물들이다.

사정 작업을 진행하고 있는 내무장관과 국방장관, 법무장관 또한 내 지시를 따르는 인물들이다.

러시아는 이제 룩오일NY와 연관된 사람들에 의해서 완벽하게 움직였다.

"52명의 국회의원들이 체포되어 법의 심판대 올라섰습니다. 이제 여야를 막론하고 회장의 뜻을 따르는 사람들로 채워질 것입니다."

루슬란 비서실장의 말처럼 비리와 연루된 국회의원들도 모두 체포되어 국회의원직을 상실하게 되었다.

여당과 야당을 가리지 않고 부패한 의원들을 체포했고, 명확한 증거 앞에서 여야를 막론하고 반발을 할 수 없었다.

"고인 물은 언제나 썩게 마련이지, 새로운 물을 공급하거나 흘러가게 해야만 지금의 이 나라가 달라질 수 있어. 이번 기회에 썩은 환부를 철저하게 도려내야 해."

"예, 예외 없이 법의 심판을 받을 것입니다. 그리고 키리엔코 대통령이 코사크의 권한을 강화하는 법률에 서명했습니다."

정치인과 기업인들을 체포하여 기소할 수 있는 권한이었다.

기존에 코사크가 가지고 있던 체포권에는 러시아의 정치인과 관료, 기업인은 제외되었었다.

이젠 코사크는 누구라도 범죄 행위가 명백하면 체포하여 수사할 수 있었고, 검찰이 가진 기소권까지 손에 넣게 된 것이다.

"잘되었군. 하지만 권한이 커졌다고 해서 자만하는 순간 러시아 국민들이 우릴 외면할 수 있어. 코사크 자체적으로 감시

기능을 더욱 강화해야만 해."

코사크을 이끄는 보리스를 향해 말했다.

권력이 커지고 비대해지면 주어진 힘을 엉뚱하게 사용하려고 하는 자가 나온다.

그동안 코사크에 속한 대원들에 대한 범죄 행위는 더욱 가혹하게 대했다.

"명심하겠습니다. 주어진 힘을 올바르게 사용할 수 있도록 철저하게 감시 기능을 강화하겠습니다."

"자체적인 감시도 중요하지만, 중립적인 곳에서 코사크에 대해 견제를 할 수 있도록 조처를 해. 누구도 자기 머리는 쉽게 자를 수 없는 거니까."

루슬란 비서실장에게 지시를 내렸다.

코사크가 가진 권한이 커질수록 그에 대한 견제 장치도 더욱 필요했다.

난 러시아의 권력을 잡아 독재자가 되는 것을 원치 않았다.

"예, 그룹 차원에서 해결할 수 있는 장치를 마련하겠습니다."

"중립적인 외부 인사도 포함시켜. 우리의 눈으로 보는 것보다 외부인을 통해서 코사크에 대한 우려를 불식시켜야만 국민들도 납득할 수 있으니까."

현재 코사크는 불안했던 러시아의 치안을 안정시켰고, 푸틴과 크렘린궁 관련자들이 일으켰던 쿠데타를 막은 역할로 국민들의 지지를 한 몸에 받고 있었다.

코사크의 권한이 커지자 한쪽에서는 과거 구소련의 KGB처럼 정권의 하수인으로 변질되어 무분별하게 일반 시민들을 체포하지 않을까 하는 우려를 하는 사람들도 있었다.

KGB도 국민과 국가를 위한다는 명목으로 죄가 없는 수많은 자를 체포하고 죽음으로 내몰았다.

"예, 관련 방안을 마련하여 보고드리겠습니다."

루슬란 비서실장은 내가 말한 말뜻을 바로 이해했다.

"러시아는 이제 이전에 볼 수 없었던 길로 접어들고 있어. 미국과 유럽이 주도했던 원유 시장과 금융시장의 한 축을 우리가 가져왔으니까 말이야. 앞으로 벌어들일 오일 머니와 금융 이익을 통해서 러시아는 초일류 국가 반열에 들 수 있을 테니까."

자리에 함께한 룩오일NY 관계자들에게 힘을 실어주는 말을 해주었다.

이전에는 꿈도 꿀 수 없는 일들이 룩오일NY를 통해서 현실이 되어가고 있었다.

룩오일NY는 러시아의 GDP에 몇 배나 되는 돈을 벌어들이고 있었고, 막대한 이익을 본격적으로 투자하기 시작했다.

"회장님을 러시아로 보내주신 것은 진정 신의 선물입니다.

회장님이 없었다면 러시아는 빈곤과 무질서로 가득한 나라가 되었을 것입니다."

룩오일NY Inc의 대표를 맡고 있는 예고르의 말에 회의실에 있던 인물들 모두가 고개를 끄떡이며 동조했다.

회의실에 있는 인물들 모두 나를 만나지 않았다면 지금의 부와 권력을 누릴 수가 없었다.

더구나 회사의 이익과 함께 러시아의 부흥을 위해 힘쓰는 내 모습이 진심이라는 것을 잘 알고 있었다.

이방인인 내가 러시아를 누구보다 사랑하고 아낀다는 것을 말이다.

Chapter 12

　휴가를 중인 김만철 경호실장이 모스크바로 급하게 날아왔
다.

　"마카오 주권 반환 행사에 나타났던 여자는 송예인 씨가
확실합니다."

　김만철 경호실장이 가지고 온 신문과 방송용 테이프에는 장
쩌민 주석과 나란히 걷는 여자의 모습이 들어 있었다.

　머리 모양이 바뀌고 화장으로 모습이 달라 보일 수는 있었
지만 분명 예인이었다.

　"흠, 어떻게 장쩌민 주석과 연관이 된 것입니까?"

방송용 테이프에는 중국의 최고 권력자인 장쩌민 주석과 반갑게 대화를 나누는 장면이 들어 있었다.

누가 보더라도 장쩌민 국가주석과 연관이 깊은 인물처럼 보였다.

"현재 조사 중입니다. 지금까지 알아낸 거로는 송예인 씨가 현지에서 천녀로 불리며 추앙을 받는다고 합니다."

"천녀요? 설마, 하늘에서 내려온 여자라는 뜻입니까?"

"비슷한 뜻으로 마카오와 홍콩에서 상당한 영향력을 행사하고 있다고 합니다. 천녀라는 이름은 정보 수집 중에 저희도 접했었지만, 천녀가 송예인 씨라는 것을 인지하지는 못했습니다."

코사크와 국내정보센터는 중국과 함께 홍콩, 마카오의 동향을 감시해 왔다.

흑천의 잔당이 국외로 빠져나갔다는 첩보가 있었기 때문이다. 흑천은 홍콩과 마카오, 대만에서 활동하는 삼합회와 유대관계가 있었다.

"머무는 곳은 찾았습니까?"

"지금 요원들이 확인 중에 있습니다. 홍콩보다는 마카오 쪽에 머무는 것 같습니다."

"최대한 빨리 확인해 주십시오. 제가 직접 찾아갈 테니까요."

"위험하실 수 있습니다."

"제가 직접 확인해야만 합니다. 다른 사람이 가면 더 위험할 수 있습니다."

"그러시면 철저하게 준비를 하시고 가야 합니다. 회장님이 생각하시는 송예인 씨가 아닐 수도 있습니다."

김만철 경호실장의 말은 틀린 이야기가 아니었다.

이미 그러한 상황을 겪었고 예인이 정상적이라면 이미 집으로 돌아왔어야만 했다.

"알겠습니다. 빨리 찾아주십시오."

"예, 국내 요원들이 홍콩과 마카오로 이동하고 있습니다."

김만철 경호실장은 이미 필요한 인원을 홍콩과 마카오로 보냈다.

*　　　*　　　*

"축하드립니다. 마카오와 홍콩의 카지노를 2020년까지 장쩌민 주석께서 인정해 주셨습니다."

마카오 행정장관인 에드먼드 호가 천녀에게 축하의 인사를 건넸다.

마카오의 경제는 카지노와 관광에 달려 있었다.

그중에서도 카지노의 역할이 가장 컸고, 마카오 카지노의 지분을 70% 소유한 곳이 천녀가 이끄는 천도맹이었다.

카지노가 없던 홍콩에도 카지노를 신설할 수 있는 권한을 가지게 되었다.

"행정장관의 도움도 컸습니다. 앞으로 하시는 일에 어려움이 없도록 저 또한 돕겠습니다."

천녀가 이렇게 말할 수 있는 것은 마카오에서 차지하는 천도맹의 위치가 대단했기 때문이다.

마카오의 삼합회가 천도맹으로 통합되었고, 그 영향력이 홍콩은 물론 중국으로 이어지는 선전과 광동성까지 확대되었다.

홍콩의 14K, 대권방, 조방, 화자두가 천도맹에게 머리를 조아렸다.

대만의 대표적인 삼합회인 죽련방과 사해방 또한 천도맹과 적극적인 관계를 맺고 천녀를 받아들였다.

그 누구도 하지 못했던 일들을 천녀와 천도맹이 몇 년 만에 이루어냈다.

"감사합니다. 저 또한 천녀님이 하시는 일에 있어 누가 되지 않도록 적극적으로 돕겠습니다."

에드먼드 호가 머리를 숙여 인사를 했다.

그가 마카오의 초대 행정장관이 될 수 있었던 것도 천녀의 도움이 절대적이었다.

장쩌민 주석은 물론 중국을 움직이고 있는 상하이방의 지도자들을 움직인 것이 천녀였다.

그녀가 어떻게 그들을 움직였는지는 알 수 없지만, 인간이 가지지 못한 힘을 보여주었다는 소문이 있었다.

"예, 그러셔야 합니다. 행정장관에 대한 기대가 크니까요. 마카오에서의 일들이 잘 풀려야 본토에서의 일도 수월해집니다."

"예, 선녀님께서 만족하실 수 있도록 최선을 다하겠습니다."

에드먼드 호가 천녀의 말에 다시 한번 고개를 숙이며 말했다.

중국 정부에 임명을 받은 마카오 행정장관이었지만, 그가 더욱 신경을 쓰고 따르는 인물은 천녀였다.

그녀의 말 한마디에 지금의 권력은 물론 목숨까지 위험해질 수 있었기 때문이다.

*   *   *

에드먼드 호 마카오 행정장관이 돌아가자 화린이 천녀가 머무는 방에 들어왔다.

화린의 왼쪽 얼굴에는 이전에 볼 수 없었던 커다란 상처가 나 있었다.

천녀를 배신하고 정신이 돌아온 송예인과 함께 떠나려 했던 대가였다.

아름다웠던 얼굴에 난 상처 때문인지 화린의 눈동자는 이전과 같은 생기가 사라졌다.

"놈들이 예상한 대로 천녀님을 찾고 있습니다."

"후후! 날 찾으러 오면 그날이 제삿날이 될 거야. 어쩌면 그것이 예인이를 위해서도 좋은 일이 되겠지. 다시는 이 세상에 나올 이유가 사라지니까 말이야, 깔깔깔!"

천녀는 말을 끝내자마자 방 안이 떠나가도록 웃었다.

방송에서 나온 사진은 의도된 것은 아니었지만, 그로 인해 자신이 노출될 수 있다는 것을 천녀는 알고 있었다.

"진짜로 강태수 회장을 죽이실 것입니까?"

화린은 떨리는 목소리로 물었다.

이젠 친언니처럼 살갑게 지내던 송예인이 아니었다.

화린 또한 다른 인물들처럼 천녀에게 잘못 보이면 목숨을 잃어버릴 수 있는 처지였다.

"왜? 내가 못 할 것 같아서?"

"아닙니다. 사랑하는 사람이라고 하셔서……."

"사랑은 진정 쓸데없는 감정의 부산물일 뿐이지. 내가 마지막 남은 감정마저 죽일 수 있게 된다면, 세상에서 날 죽일 방법은 없느니라. 그 누구도 해내지 못했던 불사의 몸을 갖게 될 테니까."

천녀의 마지막 말은 무시무시한 말이었다.

"죽지 않으신단 말씀입니까?"

늘 곁에 있던 화린조차 처음 듣는 말이었다.

"불로불사(不老不死)! 불사지체(不死之體)! 이것이 곧 나를 가리키는 말이 될 것이다. 넌 이것을 직접 눈으로 보게 될 증인이 되는 은혜를 입었느니라."

'마녀가 죽지도 않게 된다면… 세상은 정말 지옥이 될 거야.'

천녀의 말을 듣는 순간 화린의 눈동자가 심하게 떨렸다.

천녀가 아닌 예인이와 함께 생활할 때는 지금껏 느껴보지 못한 즐거움과 기쁨이 있었다.

하지만 마녀로 변한 지금의 천녀는 오로지 세상을 불타오르게 할 목적뿐이었다.

예인이가 지니고 있었던 감정과 느낌들이 점점 사라지면서 이제는 사람의 목숨을 파리보다도 하찮게 여겼다.

천녀가 중국의 상하이방 지도부에 각인된 것은 그들의 정적인 공청단(공산주의청년단)과 태자당의 인물들을 암살했기 때문이다.

그 수법이 너무나 자연스러웠고, 지금도 죽은 인물들은 암살이 아닌 사고사와 자연사로 처리되었다.

시간이 갈수록 천녀는 무시무시할 정도로 강해지고 있었다.

*   *   *

모스크바에 송 관장과 티토브 정이 도착했다.

예인이 발견되었다는 소식을 송 관장에게도 전했다.

예인이가 행방불명된 후부터 송 관장은 몹시 괴로운 나날을 보내고 있었다.

일부러 내색하지 않으려고 애쓰는 모습이었지만, 밤마다 잠을 잘 이루지 못한다는 소리를 가인에게서 전해 들었다.

예인의 모습이 이전처럼 정상적이지 않다는 것이 송 관장의 마음을 더 아프게 했다.

"예인이가 머무는 곳은 찾았나?"

송 관장은 모스크바에 도착하자마자 곧장 날 찾아왔다.

가인에게는 예인을 찾았다는 이야기를 하지 않았다.

예인을 찾았다는 사실을 알게 된다면 물불을 가리지 않고 마카오로 향할 것이기 때문이다.

"예, 마카오입니다. 일주일에 3일 정도는 홍콩과 광둥성을 오가는 것으로 조사되었습니다."

"그곳에서 무얼 하는 거지?"

"천도맹이라는 삼합회 조직을 실질적으로 이끄는 것으로 알려졌습니다. 천도맹이 마카오와 홍콩의 삼합회 조직을 장악한 것으로 파악되었습니다. 지금은 중국과 대만에 진출하여 세력을 더욱 넓히고 있습니다."

자리에 함께한 김만철 경호실장이 대답했다.

"허허! 예인이가 삼합회를 이끌고 있다는 것이 사실인가?"

김만철 경호실장의 말에 허탈한 웃음을 보인 송 관장이 나를 보며 물었다.

"예, 사실인 것 같습니다."

"예인이가 그럴 아이가 아닌데… 뭘 잘못 조사한 것은 아니지?"

송 관장은 다시 한번 확인하듯이 물었다.

"예인이가 맞지만 예인이가 하는 일은 아닙니다. 예인이 속에 있는 다른 인격체가 저지른 일이 분명합니다."

난 확신하듯이 말했다.

예인이 범죄 조직을 이끌고 있다는 것은 믿을 수 없는 일이었다.

그녀의 성격은 무척이나 여리고 자기보다 남을 더 배려하는 착한 마음을 가졌기 때문이다.

"다중인격체가 그렇게 위험한 병인 건가?"

"예인이는 좀 더 특별한 것 같습니다. 다른 인격체를 가지고 있다고 해도 이렇게까지는 할 수 없습니다."

"후— 우! 어떻게 할 건가?"

긴 한숨을 내쉰 송 관장이 물었다.

예인의 아버지인 송 관장이 지금 당장 할 수 있는 일이 없기 때문이다.

송 관장의 마음 같아서는 당장에라도 마카오로 날아가고 싶었지만, 문제는 송 관장 혼자서 해결할 수 없는 상황이라는 것이다.

예인은 지금 모습은 우리가 알고 있던 이전의 예인이 아니었다.

"천도맹이라는 조직은 보통 조직이 아닙니다. 조직원도 수만 명에다가 동남아와 중국 본토까지 세력을 확장하면서 예인이의 다른 인격체인 천녀의 홍위병 노릇을 하고 있습니다. 천녀의 말이라면 죽음도 불사한다고 합니다."

"예인이의 다른 이름이 천녀란 말인가?"

"예, 천녀라 불리며 종교 지도자처럼 숭상을 받는다고 합니다. 중국을 이끄는 장쩌민 주석과 지도자급 인사들과도 친분이 있는 것 같습니다."

"정말이지, 말이 안 되는 이야기야. 착하기만 하던 예인이가 어떻게……."

내 이야기에 충격을 받은 송 관장은 말을 잇지 못했다.

천도맹의 세력이 급속하게 확장할 수 있었던 것은 천녀에 대한 종교적인 색채가 강했기 때문이었다.

어떤 방법을 사용했는지는 모르겠지만 천녀에 대한 천도맹 조직원들의 충성심은 대단했다.

폭탄을 둘러메고 자살 테러를 감행하는 아랍의 테러리스트와 같은 일을 서슴없이 할 수 있을 정도였다.

"너무 걱정하지 마십시오. 이번에 모든 걸 되돌려 놓을 것입니다."

"반드시, 그래야만 하네."

어떤 방법을 쓰든지 간에 예인을 원래대로 돌려놓을 생각이다.

그러기 위해서는 충분한 준비 후에 마카오로 향해야만 했다.

*   *   *

이중호는 영국으로 떠나려 했던 한수연을 억지로 붙잡았다.

다시금 한수연과 떨어질 수 없었기 때문이다.

한수연의 아버지인 한종태 의원의 구속으로 인해 한수연은 혼자가 되었다.

한종태 의원이 저지른 여러 가지 범죄 행위에 대한 재판이 이루어지면서 숨겨왔던 범죄 행위들이 더욱 드러난 상황이었다.

이대로 재판이 끝나면 적어도 15년 이상은 감옥에서 나올 수 없다고 언론은 떠들어댔다.

아버지의 구속은 한수연으로서는 견디기 힘든 일이었다.

어딜 가든지 자신을 알아보고 손가락질하는 것만 같았다.

하루라도 빨리 한국을 떠나고 싶었고, 영국으로 다시 돌아가려고 할 때 이중호가 자신을 가로막았다.

피하지 말고 부닥쳐 싸우자고 말하면서…….

한종태가 구속되자 그를 떠받들던 사람들 모두가 약속이라도 한 듯이 한종태를 배신했다.

하지만 약혼자인 이중호는 달랐다.

결혼식도 계획한 대로 올리자고 말해주었다.

지금 벌어진 일들을 반드시 되돌려 놓겠다는 말도 덧붙였다. 이러한 이중호의 모습을 다시 보게 되었고, 한수연은 영국행을 포기했다.

"하하하! 오늘 종가가 얼마인지 아십니까? 25만 원을 거뜬히 넘었습니다. 자! 모두 건배합시다."

호쾌한 웃음을 내보인 이중호는 샴페인 잔을 높이 들면서 말했다.

연말을 맞아 승승장구하는 나눔기술과 그룹 관계자들의 사기를 돋우는 자리를 마련했다. 이중호의 옆에는 아름다운 드레스를 입은 한수연이 함께했다.

"하하하! 이게 다 회장님 덕분입니다. 명예 회장님께서도 아주 기뻐하셨습니다."

정용수 비서실장이 이중호를 향해 회장님이라는 호칭을 사용했다.

이대수 회장의 재판이 진행되고 있는 지금, 이대수의 형량이 3~5년을 내다보고 있었기 때문이다.

1년 안에 나올 수 없는 상황에서 그룹을 이끄는 총수 자리를 장기간 비울 수는 없는 노릇이었다.

이 때문에 이대수 회장의 지시로 이중호가 회장 자리에 올라섰고, 이대수는 명예 회장으로 물러났다.

나눔기술을 통해서 위기에 빠진 대산그룹을 잘 이끌어가는 모습이 아버지인 이대수 회장에게 높은 점수를 받았다.

"이제부터가 시작입니다. 위기가 곧 기회라는 말이 있지 않습니까? 앞으로 대산그룹은 첨단 IT 기업으로 거듭날 수 있도록 해야 합니다."

이중호는 자신감 넘치는 말로서 좌중을 이끌었다.

"회장님의 탁월한 선택과 판단이 대산그룹을 위기에서 구해 냈습니다."

대산유통을 맡고 있는 홍순영 대표의 말이었다.

이대수 회장의 구속으로 주가가 내리막을 걸었던 대산유통도 나눔기술의 가파른 상승세에 덩달아 주가가 오르고 있었다.

나눔기술의 주가는 거칠 것이 없었다.

전 세계적으로 인터넷과 정보 통신주들의 주가가 급등하면서 전통적인 우량주들의 주가는 폭락했다.

현재 30여 개의 코스닥 정보 통신주들의 시가총액이 거래소 전체 시가총액의 절반을 넘어섰다.

"이젠 위기라는 말을 내뱉는 일이 없을 것입니다."

"하하하! 올해 들어서 가장 듣기 좋은 말인 것 같습니다."

"회장님의 탁월한 위기 관리 능력은 이 자리에 모인 우리가 모두 배워야 할 점입니다."

그룹 계열사 사장들은 저마다 이중호를 칭찬하기 바빴다.

이중호가 주장했던 것처럼 나눔기술이 대산그룹의 위기에서 구해낼 열쇠가 맞았다.

1조 원이 넘는 자금을 동원하여 인수했지만, 나눔기술의 주가 상승세로 인해 이미 매입한 자금을 훌쩍 넘어섰기 때문이다.

"정말, 자랑스러워. 누가 보더라도 당당하게 대산그룹의 주인이 되었잖아."

이중호의 모습을 옆에서 지켜본 한수연이 밝은 미소를 보이며 말했다.

"하하하! 많이 자랑스러워하셔도 됩니다. 저는 우리 이 회장님처럼 과감한 결정을 하지 못합니다. 소빈서울뱅크와 협상이 실패할 줄 알았거든요."

나눔기술의 재무기획이사에서 대표로 올라간 박성호가 말했다.

이중호가 대산그룹 회장이 되면서 자연스럽게 박성호가 나눔기술의 대표 자리를 물려받았다.

"그게 그릇의 차이야."

"예, 예, 진심으로 인정합니다. 소빈서울뱅크에서 지분을 인수한 것이 신의 한 수가 되었으니까."

"너의 도움도 컸다. 이제부터가 시작이잖아?"

"물론이지. 앞으로 나스닥에 상장만 하면 나눔기술은 그 누구도 건드릴 수 없는 회사가 될 거니까. 1주에 천만 원 정도는 되어야 하잖아."

"난 천만 원이 아닌데."

박성호의 말에 이중호가 샴페인을 입으로 가져가며 말했다.

"설마! 0 하나 더 붙이는 거야?"

"그 정도는 되어야지. 일본의 야후재팬은 일찌감치 1억 원을 돌파했어."

"야— 아! 정말 그릇이 다르네요, 제수씨."

"절친한 친구이시면서 그걸 모르셨어요?"

한수연이 박성호의 말에 당연하다는 듯이 말했다.

"어이쿠 야! 이거 정말이지, 제 그릇이 옹기만 하다는 것을 오늘 제대로 확인하게 되었습니다."

"하하하! 옹기도 내가 볼 때 너무 큰데."

"호호호! 옹기도 크기가 여러 종류잖아."

"하하하! 이거 본전도 찾지 못하고 완전히 옹기로 전락했습니다."

세 사람은 오랜만에 크게 웃으며 즐거운 연말을 보내고 있었다. 내년에도 크게 웃는 일만 있으리라는 것을 확신하듯이.

Chapter 13

　"예인 씨가 고급 주택들이 밀집한 펜하 힐에 자리 잡은 포르투갈 총독 관저로 숙소를 옮겼다고 합니다."

　김만철 경호실장의 말이었다.

　마카오에서 활동하는 국내 정보팀 요원이 보고를 보내왔다.

　마카오가 중국에 반환되면서 포르투갈에서 파견한 총독은 본국으로 귀환했다.

　"원래대로라면 중국에서 임명한 마카오 행정장관이 총독 관저를 이용해야 하는 것이 아닙니까?"

　"그게 절차상 맞는 일인데, 마카오에서는 뭔가 다른 것 같습니다."

"마카오에서 예인 씨가 가지는 영향력이 남다르다는 것을
보여주는 일인 것 같습니다."

김만철의 말에 티토브 정이 말을 이었다.

그의 말처럼 행정장관의 관저로 사용해야 하는 것을 예인
이 사용한다는 것은 그녀가 지닌 권위가 대단하다는 것을 말
해주는 것이었다.

만약 예측이 맞는다면 천도맹과 함께 마카오 경찰도 그녀
를 도울 수 있었다.

"쉽게 생각할 일이 아닌 것 같습니다."

"마카오에는 코사크 타격대를 투입할 수 없는 것이 문제입
니다. 경호실 인력으로는 부족한 감이 있습니다."

김만철 경호실장은 우려의 목소리를 냈다.

중국의 허락 없이는 마카오에 중무장한 코사크 타격대나
전투부대를 동원할 수 없었다.

더구나 중국 지도부와 밀접한 관계를 맺고 있는 천도맹의
천녀를 처리하기 위한다면 더더욱 허락하지 않을 것이다.

"위험을 감수하더라도 예인이를 구해내야죠."

"알겠습니다. 최대한 위험이 적게끔 작전을 세워보겠습니
다."

김만철 경호실장은 내 마음이 어떠한지 잘 알고 있었다. 그

또한 가족과 떨어졌을 때 괴로웠던 마음을 내게 토로했었다.

예인이는 누구도 부인할 수 없는 한 가족이었다.

*   *   *

룩오일NY는 물론 코사크와 러시아 외무부가 긴밀하게 움직였다.

마카오로 코사크 타격대를 보내기 위해서였다.

천도맹은 자동소총을 보유하고 있었고, 조직원 수도 3~4만 명에 달했기 때문이다.

룩오일NY와 러시아 외무부는 마카오에 호텔 사업과 금융업에 대한 투자를 위해 내가 직접 마카오를 방문한다는 이유를 들어서 코사크 타격대의 경호를 관철시켰다.

마카오로 향하는 코사크 타격대는 최정예 1, 2, 3팀이며, 경호실 인원도 80명이 함께한다.

현지에 있는 20명의 요원들까지 2백 명이 넘는 경호 인력이 동원되는 것이다.

외부에서 볼 때는 과도한 경호 인력이었지만 실상은 부족한 감이 들었다.

정보를 수집하는 과정에서 천녀를 추앙하는 천도맹의 조직원들이 어떠한 일도 벌일 수 있다는 것을 알게 되었기 때문이다.

                    *   *   *

코사크 타격대를 태운 수송기가 모스크바 도모데도보 공
항을 출발했다.

마카오로 향하는 수송기에는 코사크 타격대 1~3팀이 타고
있었고, 타격대가 이용할 각종 중화기와 탄약이 실렸다.

도모데도보 공항은 코사크가 주로 이용하는 공항이다.

코사크의 수송기들은 도모데도보 공항과 모스크바 근교에
자리 잡은 쿠빙카 공군기지에 보관되어 있었다.

코사크 타격대가 출발한 지 2시간 후 모스크바 세레메티예
보 국제공항에서는 룩오일NY의 전용기가 이륙했다.

"예인이를 어떻게 할 생각인가?"

"어떤 방법을 쓰든지 간에 천도맹과의 관계를 단절시킬 것
입니다. 그리고서 치료를 위해 예인이를 한국이나 러시아로
데려와야겠지요."

송 관장의 질문에 답을 했지만, 어떻게 설득해 한국이나 러
시아행 비행기에 태울 수 있을까도 솔직히 걱정이었다.

예전에 알고 있던 예인이 아니라면 내 말을 듣지 않을 것이

분명했기 때문이다.

"만약에 우리의 말을 듣지 않으면 강제적인 방법으로라도 데려와야 해."

송 관장은 정확하게 예인의 상태를 알지 못했다.

이미 예인은 과거에도 친언니인 가인을 공격하는 모습을 보였다는 것을 말이다.

"어떠한 방법을 쓰더라도 반드시 예인이가 치료를 받을 수 있도록 하겠습니다."

"꼭 그래야 하네. 이전처럼 집 앞마당에서 모두가 고기를 구워 먹으면서 웃는 모습을 보고 싶으니까."

"염려하지 마십시오. 그날이 곧 올 것입니다."

송 관장을 위로하며 말했지만, 왠지 모를 불안감이 마음속에서 스멀스멀 자리를 잡아갔다.

"그래야지. 난 눈 좀 붙일게, 요새 잠을 통 자지 못해서 말이야."

"예, 그러십시오."

송 관장의 말처럼 그의 눈동자는 피곤함 때문인지 충혈되어 있었다.

송 관장이 의자 깊숙이 고개를 기댈 때 나는 내 자리로 돌아왔다.

마카오에 도착하는 순간까지 나는 잠을 자지 못할 것 같았다. 아니, 잠을 이룰 수가 없었다.

예인이 어떤 모습일지, 머릿속에서 떠오르는 여러 생각들로 혼돈에 빠져드는 것만 같았다.

*　　　*　　　*

"표도르 강 회장이 마카오에 도착했습니다."

화린이 긴장된 표정으로 천녀에게 보고했다.

"후후! 오지 않는 것이 좋았을 것을."

"낄낄낄! 뜨겁게 환영 인사를 해줄까요?"

천녀를 따라 천도맹에 몸을 의탁한 쳉 로빈슨의 말이었다.

그의 몸에서는 파웅과 마야라는 다중인격체가 자리를 잡고 있었다.

영국 MI5의 코드제로였던 쳉은 천녀의 명령으로 중국 공산당의 공청단과 태자당에 속한 인물들을 암살했다.

이 때문에 권력의 축이 상하이방으로 급속하게 기울었다.

"아니, 놈이 어떻게 나올지 지켜보는 것도 재미있을 것 같은데."

"낄낄낄! 놈의 곁에 있는 강자들과 빨리 겨뤄보고 싶습니다."

쳉은 화린에게 전해 들은 표도르 강의 경호 인물들에게 호기심이 일었다.

쉽게 볼 수 없는 강자들이라는 말을 직접 확인하고 싶었다.

"조금만 기다리면 재미있는 일들이 벌어질 거다."

"표도르 강 회장을 어떻게 하실 것입니까?"

천도맹의 호법이 된 흑천의 전 장로 홍무영이 물었다.

"내 뜻을 따른다면 놈이 하는 일을 도와줄 것이다. 그러나 어리석은 선택을 한다면 마카오를 살아서는 떠날 수 없게 되겠지."

"낄낄낄! 잘못하면 이곳이 놈의 무덤이 되겠습니다."

쳉이 특유의 웃음소리를 내며 말했다.

"날 위해 죽으러 오는 것은 인정을 해주어야겠지. 그에 걸맞은 환영 준비를 하도록 해야 하느니라."

"예, 표도르 강을 죽이면 적어도 10억 달러는 손에 넣을 수 있을 것입니다."

홍무영의 눈빛에는 돈에 대한 집착과 탐욕이 들어 있었다.

"천도맹의 앞날에 제물이 될 수 있는 값어치구나. 사냥이 시작되면 호법이 모든 일을 책임지고 처리하여라."

"존명! 천녀님에게 기쁨을 선사해 드리겠습니다."

고개를 숙인 홍무영의 입가에 미소가 얹어졌다.

표도르 강을 죽일 수만 있다면 수억 달러의 돈이 자신의 수중으로 들어올 수 있었기 때문이다.

＊　　　＊　　　＊

마카오에 자리 잡은 닉스호텔에 여장을 풀었다.

닉스호텔은 마카오의 W호텔을 인수하여 확장 공사와 함께 리모델링 후 새롭게 개장했다.

5성급 호텔 리조트에는 멋진 수영장과 카지노, 공연장, 세계 각지의 음식을 맛볼 수 있는 다양한 식당이 들어섰다.

닉스호텔은 먼저 도착한 코사크 타격대에 의해 철통같이 경호하고 있었다.

"회장님이 도착하신 것을 예인 씨도 알고 있을 것입니다."

김만철 경호실장의 말이었다.

마카오와 홍콩에 국한되는 것이지만, 천도맹은 마카오에서 일어나는 대부분의 일을 알고 있었다.

"알고 있다면 움직이겠죠."

"회장님이 알고 계시는 예인 씨가 아니라면 위험을 감수하시지 않으셨으면 좋겠습니다."

김만철 경호실장의 최대 관심사는 무엇보다도 나의 안전이었다.

"예인이는 위험을 무릅쓰고 제 목숨을 구한 적이 여러 번입니다. 제가 예인이를 포기하면 예인이는 영영 우리에게로 돌아올 수 없습니다. 더구나 가족을 포기할 수는 없는 노릇입니다."

"무슨 말씀인지는 잘 알고 있습니다. 하지만 예인 씨가 회장님의 목숨을 노린다면 모든 것은 달라집니다. 아무리 가족이라도 말입니다."

"그럴 일은 없을 것입니다. 예인이는 제가 본 누구보다 강한 사람입니다. 분명히 지금도 천녀와 싸우고 있을 것입니다."

"저도 그럴 것으로 믿고 싶습니다. 하지만 만약 회장님을 위험하게 만든다면 저는 가만있지 않을 것입니다."

"……"

김만철 경호실장의 말에 아무런 대답을 하지 않았다.

그가 맡은 일은 나의 안전이었고, 누구보다 날 위한다는 걸 잘 알고 있기 때문이다.

"우려하는 사태가 일어나지 않도록 신께 기도해야겠죠."

"예, 저도 기도하겠습니다."

김만철 경호실장의 말이 현실로 일어나지 않도록 신께 간절히 바라고 있었다.

*　　　*　　　*

티토브 정은 은밀하게 고급 주택들이 밀집한 펜하 힐을 둘러보았다.

마카오 반도의 남쪽에 있는 펜하 힐은 언덕 위에서 사이반 호수와 남반 호수를 비롯하여 시내 중심가 지역을 한눈에 살펴볼 수 있었다.

이 때문에 펜하 힐의 곳곳에는 고급 주택이 들어섰고, 고급 주택을 경비하기 위해 자체적으로 고용한 경비원들이 자주 눈에 띄었다.

티토브 정은 천천히 언덕을 오르면서 천녀가 머문다는 구 총독관저에 가까이 다가갈 때였다.

"어이! 저쪽 길로 가."

양복을 잘 차려입은 두 사내가 손짓을 하며 티토브 정을 막아섰다.

"관광 지도에는 이쪽으로 가도 된다고 나오는데요."

티토브 정은 손에 있는 지도를 내보이며 말했다.

"이젠 이쪽으로 갈 수 없어. 저리로 돌아가면 돼."

티토브 정을 관광객으로 알아본 사내는 손을 들어 오른쪽을 가리키며 말했다.

"이쪽에 총독 관저가 있다고 해서 왔는데."

"개인 소유로 바뀌었으니까, 다른 곳에 가서 관광해."

머리를 짧게 자른 사내가 귀찮은 표정으로 답했다.

"잠깐만 구경하면 안 되겠습니까? 총독 관저를 보려고 일부러 여기까지 왔는데."

"두 번 말하지 않아. 빨리 가든가, 아니면 좋은 경험을 하든가?"

앞쪽에 있던 사내가 티토브 정의 말에 양복 안쪽에 차고 있는 권총을 슬쩍 내보이며 말했다.

"아, 알겠습니다."

티토브 정은 겁먹은 표정을 지으며 사내가 말한 길로 허둥지둥 걸어갔다.

"하하하! 진작 말을 들어야지."

"하하하! 생긴 거와 달리 겁이 많네."

티토브 정의 뒤편으로 두 사내의 웃음소리가 크게 들려왔다.

             *   *   *

근질거리는 몸을 주체하지 못하는 쳉은 천녀의 지시를 기다릴 수 없었다.

일정 기간 안에 살인을 즐기지 않으면 참을 수 없는 갈증이 심하게 일었다.

쳉은 오토바이에 올라타고는 닉스호텔로 향했다.

"천녀가 알게 되면 널 가만두지 않을 거야. 지금이라도 그만두는 것이 좋아."

쳉의 몸에 기거하는 마야가 쳉을 말렸다.

"낄낄! 들키지 않으면 되잖아."

"피 냄새를 숨길 수가 없어."

"아쉽지만 이번에는 목을 꺾기만 할 거야."

"정말, 피를 보지 않을 수 있다고?"

"그래, 이번에는 살인으로 만족할 거야."

"잘 생각했어. 그런데 정말 표도르 강 경호원 중에서 우리와 같은 인물이 있는 걸까?"

"낄낄! 그래서 더욱 참을 수 없는 거야. 그런 놈의 목을 꺾을 때는 뼈가 부러지는 소리조차 다르거든."

"강자라면 네가 당할 수도 있어."

"내가 죽으면 너도 죽는 거야. 그리고 파웅도 죽고."

"넌 정말 성가신 놈이야. 꼭 나와 파웅을 끌어들이려고 하니."

"너도 살인을 즐기잖아."

"그래도 너와는 달라. 심심풀이로 죽이는 것은 재미가 없어."

"낄낄낄! 이번에는 다를 거야. 기대하라고."

쳉은 오토바이의 속도를 올리며 말했다.

오토바이의 앞에는 밤을 환하게 수놓은 불빛이 가득한 닉스호텔이 보였다.

*   *   *

송 관장은 호텔 뒤편에 나 있는 산책길을 걷고 있었다.

마카오로 오는 동안 수많은 생각들이 그의 마음을 사로잡았다.

예전에 알던 예인이가 아닐 수도 있다는 말은 그 어떤 때보다도 송 관장의 마음을 괴롭게 했다.

누구보다 송 관장의 마음을 이해해 주고 위로까지 해주던 착한 딸이 폭력 조직인 삼합회를 이끈다는 것은 들어도 믿을 수 없는 일이었다.

"후— 우! 어디서부터 잘못된 걸까?"

긴 한숨을 내쉬는 송 관장은 멋진 조각상에서 흘러나오는 물길을 바라보며 독백하듯이 말했다.

엄마 없이 자라지만 누가 보더라도 잘 자라 주었던 딸이었다.

"내가 조금만 더 관심을 가졌어야 했는데……"

예인이의 변화를 송 관장은 전혀 눈치채지 못했다.

엄마처럼 예인이를 보살펴 주었던 가인이에게 너무 의지한 것에 대한 자책감도 들었다.

먹고살기 위해 관심을 두지 못했다는 핑계는 이유가 될 수 없었다.

"모두 내 잘못이야. 내가 조금만 먼저 알았다면……. 으흑 흑!"

송 관장은 그동안 꾹 참았던 눈물이 자신도 모르게 터져 나왔다.

그때였다.

"낄낄낄! 카지노에서 돈을 많이 잃었나? 남자 새끼가 찌질하게 울고 있어."

송 관장을 향해 말을 하는 인물은 쳉이었다.

쳉의 말에 송 관장은 얼굴을 감쌌던 손을 떼고는 자신의 옆을 지나가는 쳉을 바라보았다.

"지금 뭐라고 했지?"

영어로 말했지만 쳉의 말이 자신을 조롱한다는 것을 알아들었다.

송 관장은 전 세계를 오가는 화물선을 몇 년간 탔기 때문에 어느 정도 영어로 의사소통할 수 있었다.

"낄낄낄! 돈을 잃으니까, 기분이 아주 엿 같지? 지금 누군가에게 치밀어 오르는 화를 풀고 싶을 거야. 하지만 대상이 잘못되었어."

쳉은 송 관장이 카지노에서 돈을 많이 잃은 것으로 판단했다.

카지노에서 제일 많이 보는 인물들이었고, 힘들어하는 송 관장의 모습에서도 그렇게 느껴졌다.

"무슨 말을 하는지는 모르겠지만, 날 조롱했던 말을 사과하면 받아들이겠다."

"낄낄낄! 사과? 돈을 잃은 놈들은 이래서 문제야. 머리에서 사고가 아주 굳어버리거든. 지금 돈이 문제가 아니라, 목숨이 더 중요한데 말이야."

쳉은 자신의 머리를 가리키며 말했다.

"미친놈이 따로 없군. 가라, 지금 너하고 실랑이할 기분이 아니다."

쳉의 두서없는 말에 송 관장은 다시금 벤치에 앉으며 말했다.

"낄낄낄! 어떻게 내가 미친놈이란 걸 알았지? 내 정체를 알았으니, 양팔을 병신으로 만들어줄까? 아니지, 도박은 해야 하니까 양발을 병신으로 만들어줄게."

"후후! 정말 미친놈이었네. 넌 사람을 잘못 골랐어. 지금이라도 늦지 않았으니까, 그냥 가던 길을 가라."

송 관장은 쳉이 정상이 아니라고 느꼈다.

"아니, 널 병신으로 만들고 갈 거야."

대답을 마친 쳉이 무서운 속도로 송 관장에게 달려들었다.

Chapter 14

갑작스러운 쳉의 공격에도 송 관장은 의자에서 일어서지 않았다.

공기를 가르는 쳉의 주먹이 얼굴 앞에 도달할 때 송 관장의 오른손이 전광석화처럼 움직였다.

그 순간 기운과 기운이 강하게 부닥치는 소리가 울려 퍼졌다.

팍!

무서운 속도로 날아들던 쳉의 주먹은 목적을 이루지 못한 채 송 관장이 오른 손바닥에 막혔다.

"오! 놀라운데!"

놀란 표정의 쳉은 빠르게 뒤로 물러서며 말했다.

평범한 인물인 줄 알았던 송 관장이 자신의 주먹을 아무렇지 않게 막아내는 건 전혀 예상치 못한 일이었다.

"넌 누구지? 평범한 놈은 아닌 것 같은데."

송 관장 또한 쳉의 움직임이 보통이 아님을 바로 알 수 있었다.

"낄낄낄! 여기서 몸을 풀 수 있게 될 줄이야."

쳉은 기분 좋은 웃음을 터뜨리며 말했다.

"내 말에 대답하지 않았다. 몸을 풀기 전에 네 몸이 망가질 수도 있어."

송 관장은 벤치에서 천천히 일어서며 말했다.

"자신감이 넘치는 것은 좋은 모습이야. 난 쳉이라고 하지. 너도 만만치 않은 실력을 갖춘 것 같은데."

"쳉이라. 무슨 목적으로 이곳에 온 거지?"

쳉 같은 실력자가 닉스호텔에 나타난 것은 목적이 있기 때문이라는 것을 송 관장은 본능적으로 알았다.

"낄낄낄! 너 같은 놈을 만나기 위해서지. 별 볼 일 없는 놈들을 죽이는 것은 이제 신물이 나서 말이야."

쳉은 자신을 숨기지 못했다.

그만큼 자신이 지닌 실력과 함께 마야와 파웅을 믿었다.

물론 천녀의 벽을 넘을 수 없었지만, 그녀는 인간이 어쩔수 없는 신에 가까운 존재였다.

"살인자였나?"

"낄낄낄! 살인을 예술로 승화시킨 분이시다."

"미친놈이 확실하군. 미친놈에게는 몽둥이가 약이지."

이번에는 송 관장이 먼저 움직였다.

쳉처럼 그리 빠르지 않은 듯한 동작이었지만 어느 순간 송관장의 발이 쳉의 얼굴로 향해 있었다.

부— 웅!

공기를 가르는 소리가 확연히 들리는 발차기였다.

퍽!

주르륵!

강력한 발차기를 막아선 쳉의 몸이 자신의 의지와 상관없이 왼쪽으로 밀려났다.

"크옥! 넌 누구지?"

예상치 못한 충격에 쳉의 얼굴이 일그러지며 말했다.

송 관장의 발차기를 막아내긴 했지만 쳉이 입은 충격은 상당했다.

자신이 생각했던 것보다 송 관장의 실력은 놀라웠다.

"미친놈을 잡는 사람이라고 해두지."

"낄낄낄! 내가 오늘 제대로 사람을 골랐군. 하지만 이번에는 다를 거야."

말을 마친 쳉이 몸을 날렸다.

고양이가 준비 없이 순식간에 도약하듯이 쳉의 몸놀림이 그러했다.

공중에서 한 바퀴 몸을 회전한 쳉은 그대로 송 관장의 목을 향해 발을 뻗었다.

쳉의 몸놀림은 웬만한 인물은 막을 수 없는 동작이었다.

픽!

"악!"

무언간 충돌한 소리와 함께 신음성도 들려왔다.

목표로 했던 쳉의 발차기는 송 관장의 주먹과 충돌했고, 쳉은 빠르게 뒤로 물러나며 다리를 부여잡았다.

발바닥에서 올라오는 충격으로 쳉은 다리를 절었다.

"날 네가 지금까지 상대해 왔던 인물이라고 생각하면 오산이야. 화려하기만 하고 실속이 없는 너의 공격에는 빈틈이 너무 많아."

송 관장은 쳉을 가르치듯이 말했다.

이미 자신이 넘고자 하던 벽을 넘어선 송 관장이었기에 쳉은 공격은 모두 예측된 범위를 넘지 못했다.

"크! 인정하지. 내 실력으로는 널 어쩔 수가 없을 것 같아. 하지만 마야는 다를 거야."

"무슨 소리를 하는 거지? 또 다른 인물이 온다는 건가?"

"아니, 쳉이 아닌 내가 널 상대한다는 말이야."

쳉의 목소리가 확연히 달라졌다.

귀로 들려오는 목소리는 분명 여자였다.

*   *   *

"총독 관저로 사용하던 주택은 쉽게 접근할 수 없는 위치에 자리 잡고 있습니다. 주변을 한눈에 볼 수 있는 위치라, 일정 규모 이상의 병력이 이동한다면 쉽게 발각될 수 있습니다."

예인이 머무는 구총독 관저 주변을 살피고 온 티토브 정의 말이었다.

그의 말처럼 총독 관저에서 펜하 힐로 올라오는 도로가 한눈에 들어왔다.

"흠, 우리가 선수를 칠 수 없다는 말인데."

김만철 경호실장이 티토브 정이 찍어온 사진과 지도를 살피며 말했다.

사진에서처럼 접근하는 길이 하나라 접근성이 무척 떨어졌다.

"고급 주택들이 곳곳에 자리 잡고 있어서 사설 경비원도 적지 않았습니다. 마카오 경찰도 수시로 순찰하는 장소입니다."

마카오의 부자들이 몰려 있는 장소라 동네 자체의 경비도 철저했다.

"말한 대로라면 타격대를 움직이기에는 힘들 것 같습니다. 그렇다면 예인이가 움직일 때를 기다려야 한다는 말인데."

"일정을 알지 못한 채 무작정 기다리는 것도 문제입니다. 여러 정황상 작전을 진행하기 위한 조건이 부족합니다. 협력자를 찾아보는 것도 한 방법인 것 같습니다."

김만철 비서실장의 말처럼 내부에 협력자라도 있으면 좋겠지만, 부족한 정보로 예인을 구한다는 것은 자칫 큰 희생이 따를 수도 있었다.

"예인 씨가 홍콩으로 이동할 때를 노려야 할 것 같습니다."

"일정만 알아낼 수 있다면 그게 가장 좋은 방법이겠네요."

티토브 정의 말처럼 이동 중에 일을 처리하는 것이 지금의 상황에서는 가장 좋았다.

"일주일에 한두 번은 홍콩으로 이동한다는 점을 생각한다면 가능성이 있는 방법입니다."

"이번 기회가 마지막이라고 생각해야 합니다. 예인이가 다시 행방을 감추면 더는 찾을 수 없을 것 같다는 느낌이 드니까요."

"홍콩에 출입한 기록을 조사해 보면 답을 찾을 수도 있을
것 같습니다."

"그게 좋겠습니다."

김만철 비서실장의 말처럼 홍콩을 출입한 기록을 조사하면
언제쯤 이동할지를 유추할 수 있었다.

마카오에서 홍콩으로의 이동은 주로 비행기나 여객선으로
이동했다.

"코사크 정보요원들이 입국하는 대로 조사를 진행하겠습니
다."

티토브 정이 대답했다.

코사크 정보센터의 요원들이 중국에서 마카오로 넘어오고
있었다.

간도와 동북3성을 얻기 위한 일을 진행하기 위한 정보 수
집을 위해 적지 않은 인원들이 중국에 들어가 활동 중이었
다.

"그렇게 하십시오. 지금 가장 우선이 되어야 하는 일입니
다."

"예, 최선을 다하겠습니다."

"한데, 송 관장님이 보이지가 않네요?"

"저녁을 먹고 산책을 하신다고 나갔습니다."

티토브 정이 대답했다.

"형님이 많이 답답하신 것 같습니다."

"후! 그러시겠죠. 저도 답답하니까요."

자리에서 일어난 나는 송 관장이 산책할 것으로 보이는 호텔 정원을 바라보았다.

호텔 뒤쪽으로는 야자수와 함께 여러 나무들로 가득한 정원이 넓게 펼쳐져 있었다.

*　　　*　　　*

손과 발이 어지러울 정도로 빠르게 교착했다.

쳉의 목소리가 여자로 바뀐 순간부터 몸의 움직임이 더욱 빨라지고 날카로워졌다.

'놀라워. 조금 전까지의 움직임이 아니야.'

송 관장의 머리를 노리며 날아든 손이 기이한 각도로 꺾이며 목울대로 향했다.

예상을 벗어난 변칙적인 공격으로 바뀌자 송 관장의 몸놀림도 빨라졌다.

퍼퍽퍽! 팍!

공격과 수비가 숨 쉴 틈 없이 이루어졌다.

"대단해! 지금까지 만나본 인물 중에서 두 번째로 강한 자야."

송 관장의 강력한 발차기를 피하고자 체조 선수처럼 뒤쪽으로 연속해서 텀블링을 한 마야가 말했다.

"첫 번째가 누군지 궁금하군."

마야의 말에 호기심이 생긴 송 관장이 물었다.

그때 마야의 분위기가 바뀌었다.

"궁금증을 풀고 싶으면 네가 지닌 실력을 제대로 보이는 것이 좋을 거야."

송 관장의 질문에 대답하는 쳉의 목소리가 다시금 달라졌다.

목소리뿐만 아니라 분위기와 서 있는 자세까지 확연히 달라진 모습이었다.

"헉! 넌 다른 인물인가?"

송 관장은 쳉의 변화에 크게 놀라며 물었다.

나이가 확연히 느껴지는 목소리였기 때문이다.

"크크! 네가 날 깨우도록 했구나. 나는 파웅이라고 하지. 네 말처럼 마야와는 다른 인격체이지."

"허! 정말 놀라운 일이야. 한 몸에 여러 명의 인격체가 공존할 수 있다니."

"놀라운 것은 나도 마찬가지야. 천녀 이외에 너 같은 인물이 또 있다는 것이 말이야."

"방금 천녀라고 했나?"

송 관장은 천녀라는 말에 몹시 놀라며 되물었다.

"후후! 너도 천녀를 아는 눈치군"

"그래, 잘 알고 있는 사람이지. 지금 천녀가 어떤 모습을 하고 있나?"

"어떤 모습이라니? 무얼 묻고 싶은 거지?"

'이놈이 누군지도 모르는 상태에서 예인이의 이야기를 꺼낼 수는 없어……'

"이전보다 강해졌나를 물어본 것이다."

"크크! 너도 천녀를 넘을 수 없었나 보구나?"

송 관장의 말에 파웅은 송 관장 또한 천녀와 대결을 한 인물로 보았다.

"이전에는 그랬을 줄 몰라도 지금은 아니다."

"크크크! 넌 천녀가 어떤 존재인지 제대로 모르고 있는 것 같군."

"세상에는 넘을 수 없는 벽이 없다, 천녀도 인간일 뿐이야."

"아니, 천녀는 인간이 아니다."

'뭐라고? 인간이 아니라니……'

송 관장은 파웅의 말에 놀란 송아지처럼 눈이 커졌다.

"인간이 아니라니. 그게 무슨 뜻이지?"

"크크크! 내가 그걸 말해줄 이유는 없는 것 같은데."

"난 천녀를 넘기 위해 극한의 수련을 해왔다. 그녀가 어떤 모습일지라도 지금은 천녀를 이길 수 있어."

송 관장은 말을 마치자마자 내부에서 갈무리된 기운을 표출했다.

개마고원에서 죽음의 고비를 넘기면서 한 걸음 더 발전하고 막혔던 벽을 허물 수 있었다.

"오! 대단해. 내가 전력을 다해도 널 쉽게 꺾을 수 없다는 생각이 드는데."

파옹은 송 관장에게서 풍겨 나오는 강한 기운을 확연히 느낄 수 있었다.

기운을 외부로 표출할 수 있다는 것은 일정 경지 이상의 위치에 도달한 사람만이 가능했다.

"내 목표는 네가 아니라, 천녀다."

송 관장은 일부러 천녀의 이야기를 유도하는 말을 했다.

천녀에 대한 아무런 정보가 없던 때에 파옹의 말은 예인의 문제를 해결할 수 있는 중요한 단서가 될 수도 있다는 생각이 들었다.

"크크크! 내가 방금 말했지. 천녀는 네놈의 수준이 아니라고 말이야. 천용(天龍)이 보낸 천녀는 세상을 뒤엎을 업화(業火)이지. 천혼(天魂)을 가진 인물이 천부(天符)를 얻지 못한다면 세상 그 누구도 업화를 넘을 수가 없다. 내 말이 무슨 이야기인지 알아들을 수 없겠지만 말이야."

놀랍게도 파옹의 입에서 천부의 이야기가 흘러나왔다.

송 관장이 개마고원에서 발견한 천부에 대한 이야기를 알고 있는 것은 강태수뿐이었다.

"네가 어떻게 천부를 알고 있지?"

"오! 너도 천부에 대해 알고 있구나. 크크크! 이런 인연이 있다니. 설마, 천부가 네 손에 있는 것은 아니겠지?"

파옹은 송 관장의 표정을 살피며 물었다.

"내 질문에 답하지 않았다. 천부를 어떻게 알고 있는 것이냐?"

"네가 먼저 말을 한다면 알려주지. 네가 만약 천부를 가지고 있으면, 천녀를 상대할 방법이 있다. 물론, 천혼인 나에게 천부를 넘겨야 하겠지만 말이야."

"네가 천혼이란 말이야?"

파옹의 말에 송 관장은 의심이 들었다.

"난 육체를 잃었지만 난 무수한 세월을 건너 지금까지 살아왔다. 육체는 한낱 껍데기에 불과하지. 천부를 가진 자는 천혼을 만날 수밖에 없는 운명을 지녔지, 그래서 네가 날 만난 것이다."

파옹의 말은 그럴싸했다.

그의 말에 송 관장의 눈동자가 흔들리기 시작했다.

어쩌면 예인이를 구할 방법을 찾은 것이 아닌가 하는 생각 때문이었다.

*　　　　　*　　　　　*

이스트 세력의 중추 세력인 로스차일드 가문의 데이비드 로스차일드 II세는 깊은 고민에 빠졌다.

지금까지 로스차일드 가문은 인류 역사와 세상을 조정하면서 이스트 세력의 머리가 되었다.

하지만 지금 진행해 오던 계획들이 하나둘 틀어지면서 이스트 세력에 속한 가문들이 목소리를 내기 시작했다.

영국의 베어링 가문과 프랑스 페레르 가문, 네덜란드 호프 가문, 스위스의 미라보 가문이 불만을 제기하며 로스차일드 가문의 지도력에 의문을 제기한 것이다.

역사의 흐름까지 바꿔 버릴 힘을 가졌던 로스차일드가 이렇게까지 고전하게 된 이유는 단 하나였다.

룩오일NY를 이끄는 표도르 강 때문이다.

웨스트 세력과 공동으로 진행했던 소비에트연방의 해체와 보수파의 쿠데타를 통해서 러시아를 웨스트와 함께 분할통치하려고 했었다.

하지만 그 계획은 보기 좋게 실패했고, 혼란스러운 러시아의 정국을 이용해 표도르 강은 기회를 잡았다.

표도르 강을 이용해 러시아를 움직이려 했던 웨스트의 계략도 실패하였다.

연속된 실패는 표도르 강이 러시아에서 더욱 입지를 다지게 하는 발판이 되어주었다.

지금까지 표도르 강을 제거하기 위해 수많은 방법을 사용했지만 그는 쓰러지지 않았고, 오히려 웨스트와 이스트 세력의 힘이 축소되는 결과로 이어졌다.

수백 년을 지나온 시점에서 나라든 개인이든 이스트와 웨스트 세력에게 대항했던 세력은 모두 종말을 맞이했다.

그러나 표도르 강은 놀랍게도 이스트와 웨스트에 맞서는 과정에서 두 세력과 동등한 힘을 가지게 되었다.

"정말로 표도르 강을 제거할 수 있다고 했나?"

로스차일드가의 집사인 해리스에게 물었다.

"예, 표도르 강이 마카오를 떠날 수 없는 상황이라고 합니다."

"그게 무슨 뜻이지?"

"자세한 내용은 말해주지 않았습니다. 하지만 홍무영의 말했던 것처럼 표도르 강이 마카오에 왔습니다."

"흠, 천도맹이 표도르 강을 처리하겠다는 말인가?"

"예, 대신 제거 비용으로 10억 달러를 요구했습니다."

"홍무영은 이전에도 실패하지 않았었나?"

이스트 세력은 홍콩의 삼합회를 통해서 표도르 강을 제거하려 했었고, 그 과정에서 삼합회와 흑천의 장로였던 홍무영이 연결되었었다.

하지만 홍무영이 이끄는 척살단은 표도르 강 제거에 실패했다.

"예, 그때는 한국이라는 특수성 때문에 무기를 쓸 수 없었다고 합니다. 하지만 마카오는 무기 사용에 있어 거리낌이 없다고 전해왔습니다. 천도맹의 모든 조직원을 동원해서라도 표도르 강을 반드시 제거하겠다고 전해왔습니다."

"돈을 주는 것은 문제 될 것이 없어. 문제는 늘 표도르 강의 제거에 실패했다는 거야."

표도르 강의 제거에 실패했을 때마다 웨스트와 이스트는 연계된 조직이 붕괴하는 아픔을 맛보았다.

표도르 강은 자신을 공격한 조직을 철저하게 짓밟아 버렸다. 이 때문에 웨스트 세력은 CIA와 자체 용병 조직을 잃었다.

이스트 또한 탄자니아 작전이 실패로 돌아가면서 영국 MI6 내 심어두었던 조직이 축소되었다.

탄자니아 학살 현장에서 살아남은 BBC 음향 기술자인 올리버와 함께, 학살을 자행한 데스엔젤을 이끌었던 브라운 대령과 스톤의 기자회견 때문에 MI6가 후폭풍에 휩싸이면서 대대적인 조직 정비가 이루어졌다.

데스엔젤이 아프리카에서 벌였던 더러운 작전들이 폭로되었기 때문이다.

이 때문에 전통적으로 아프리카에서 큰 영향력을 행사하던 영국의 힘이 눈에 띄게 축소되었다.

더구나 이스트 세력은 유럽의 용병 시장과 불법 무기 시장마저 잃었다.

"문제는 이번 기회를 잃으면 더는 표도르 강을 제거하기가 힘들다는 점입니다. 저희가 동원할 수 있는 조직으로는 놈을 제거할 수 없습니다. 더구나 코사크와 러시아 마피아가 유럽은 물론 미국 내에서 세력을 넓혀가고 있습니다. 이제는 무력이나 경제적인 공격으로도 표도르 강을 어쩌지 못하는 상황이 되었습니다."

이스트와 웨스트 세력의 중추적인 역할을 하는 가문들도 표도르 강을 인정하는 분위기였다.

미국의 로프 가문과 시프 가문, 그리고 록펠러 가문 역시 적대적인 관계에서 협력을 모색하는 관계로 변화하고 있었다.

웨스트 세력이 러시아의 모라토리엄으로 인한 헤지펀드 파산과 함께 환율 전쟁에서 큰 피해를 보았기 때문이다.

이스트 내 금융 세력들의 타격으로 미국 내 정치적인 입김도 상당히 약화된 상황이었다.

"흠, 맞는 말이야. 금융과 석유를 손에 넣은 표도르 강이 지금보다 얼마나 더 강력해질지 모르는 일이지."

"한국의 닉스홀딩스도 반도체와 제약, 영화 산업 그리고 패션 분야에서 두각을 나타내고 있습니다. 현재 미국과 유럽의 첨단 기업들을 계속해서 인수·합병을 진행하거나 타진하고 있습니다."

"아주 영리한 전략을 펼쳤어. 한국과 러시아를 양분함으로써 견제와 방해 요소들을 줄였으니까."

"한국의 닉스홀딩스가 이 정도까지 성장할 줄은 누구도 예측하지 못했습니다. 동남아의 외환 위기로 한국에 타격을 주려 했던 전략도 미국이 어려움에 빠지는 바람에 룩오일NY와 닉스홀딩스에게 대부분의 이익이 돌아갔습니다."

"오히려 놈에게 당했다는 생각이 들었으니까. 만약 이번에도 실패하면 자칫 우리가 당할 수도 있어. 놈이 이젠 가만있지 않을 테니까."

세상 무서울 것이 없었던 데이비드 로스차일드 II세는 표도르 강에 대해 조심스러울 수밖에 없었다.

탄자니아 작전에 관여했던 MI6의 요원들이 누군가에 의해서 유럽 각지에서 암살당했기 때문이다.

"전투 약물인 AX—2를 천도맹에게 제공할 생각입니다."

"흠, AX—2가 외부로 흘러나가면 코사크가 눈치를 채지 않을까?"

데이비드 로스차일드 II세는 신중하게 물었다.

AX—2가 외부에 공개되면 이스트 세력은 막대한 이미지 타격을 입을 수 있었기 때문이다.

"놈들이 눈치챌 때면 표도르 강은 이 세상 사람이 아닐 것입니다."

"하하하! 내가 미처 거기까지 생각을 못 했군. 표도르 강이 없는 코사크는 무용지물이니 말이야."

"그럼, 작전을 진행하겠습니다."

"이번에는 반드시 놈을 제거해야 해. 그렇지 않으면 우리도 위험하다는 것을 명심해."

"예, 놈의 머리를 반드시 제단에 바치겠습니다."

해리스가 모든 방법을 동원하리라는 것을 데이비드 로스차일드 II세는 잘 알고 있었다.

여기서 물러난다면 자칫 표도르 강에게 유럽을 빼앗길 수 있다는 위기감을 들었기 때문이다.

이스트의 하수인 노릇을 하던 이탈리아 마피아마저 러시아 마피아에게 무릎을 꿇는 상황에 놓였다.

수백 년을 지배해 오던 아프리카에서마저 영향력이 후퇴하는 지금 뒤로 물러날 상황이 아니었다.

Chapter 15

밤늦게 숙소를 찾아온 송 관장의 입에서 놀라운 말이 흘러 나왔다.

"천부(天符)가 예인이를 구할 방법이라고요?"

"나도 처음에는 믿지 않았지만, 천부에 적힌 비밀을 풀어내면 다중인격체를 분리해 낼 수 있다고 했어. 다만 그 비밀을 풀 수 있는 자는 천혼(天魂)뿐이라더군."

예인을 구할 방법을 알았기 때문인지 송 관장의 얼굴 표정은 무척 상기되어 있었다.

"그걸 누가 이야기해 준 것입니까?"

"자신을 파웅이라는 소개한 인물이야. 그 또한 쳉이라는 다중인격체 안에 기거하고 있더군. 파웅은 자신이 천혼이라고 말했어. 그에게 천부를 건네주면 예인이를 구해주겠다고 나에게 약속했어."

송 관장은 침착했던 이전과 달리 무척 초조한 기색이 역력했다.

아버지의 입장에서는 아픈 딸을 정상적으로 돌려놓을 방법이 있다면 뭐든지 할 수 있었다.

문제는 그 방법을 이야기한 인물이 신뢰가 가지 않는다는 것이다.

"처음 보는 인물의 말을 믿으시는 것입니까? 다짜고짜 관장님을 공격했다고 하셨잖습니까."

정상적인 인물이라면 자신과 아무런 관계가 없는 사람을 이유 없이 공격하지는 않는다.

"지금은 그게 중요하지 않아. 예인이를 고칠 방법을 찾았다는 것이 중요하지."

송 관장은 지푸라기도 잡고 싶은 심정인 것 같았다.

"천부에 정말 답이 있는지도 모르잖습니까?"

"파웅이 그 누구도 몰랐던 천부를 이야기했다는 것은 절대 우연이 아니야."

"천부에 답이 있다고 해도 비밀을 풀어야 한다고 하지 않았습니까?"

"파웅이 천혼이라고 했으니까, 비밀을 풀 수 있을지도 몰라."

"관장님, 저도 예인이가 하루라도 빨리 정상으로 돌아왔으면 하는 바람입니다. 하지만 지금 관장님의 모습은 너무 다급하신 것 같습니다. 먼저 파웅이란 자가 어떤 인물인지 파악하는 것이 중요합니다. 천부가 정말 중요한 열쇠가 된다면 말입니다."

예인이 때문인지 송 관장은 너무 한쪽으로 생각이 쏠려있었다.

더구나 천부의 비밀을 풀려면 부산에서 발견했던 천파천이라는 고서가 필요하다는 생각이 들었다.

앞 자가 지워져 파천서라 불렀지만, 천부에 기재된 천파천이 꼭 파천서처럼 느껴졌다.

"지금 그럴 시간이 없잖아. 파웅이 도와주지 않으면 예인이가 다시는 정상으로 돌아올 수 없을 수도 있어."

송 관장은 정확한 사리 판단을 내릴 수 없는 상태로 보였다.

"파웅이 천혼이라면 어떤 방법을 쓰더라도 제가 도움을 요청할 것입니다. 하지만 지금 관장님의 말씀대로라면 뭔가 이상한 부분이 많습니다."

"지금은 그걸 따질 시간이 없어. 파웅은 모레까지 천부를 가져오지 않으며 돕지 않겠다고 했네. 천부는 어디 있나?"

'흠, 이성적인 판단을 하지 못하는구나.'

"제 방 서재에 있습니다."

"가인이에게 가져오게 하면 되겠어. 내가 전화를 하지."

"가인이가 마카오로 오면 위험할 수 있습니다."

"동생의 일이야. 위험을 감수할 수 있을 만큼 가인이는 강한 아이이고."

송 관장은 이미 생각을 굳힌 것 같았다.

"제가 전화를 하겠습니다. 책의 위치도 알려주어야 하니까요."

"그러게, 내가 고집스럽게 보일지 몰라도 나중에 자식을 갖게 되면 알게 되네. 아픈 자식을 둔 아비의 마음이 어떠한지를 말이야."

말을 마친 후 방을 나가는 송 관장의 뒷모습에서 아버지의 모습이 비쳤다.

그의 말처럼 자식을 위해서는 맹목적일 수밖에 없다는 것이 느껴졌다.

*　　　*　　　*

마카오로 향하는 비행기에 올라탄 가인이는 가슴이 뛰었다.

애타게 기다리던 예인이의 소식을 들은 것이다.

공항에서 만난 러시아 대사관 직원에게 태수 오빠가 부탁한 고서적을 넘겼다.

행여나 문화재 밀반출로 걸려 고서적을 가지고 나갈 수 없을 수도 있기 때문이다.

고서적들은 외교행낭을 통해서 마카오로 향할 것이다.

"조금만 기다려, 예인아."

가인은 한시라도 빨리 예인이를 만나보고 싶었다.

예인이 없는 동안은 어떤 일을 해도 기쁜 것이 없었다.

다시 예인을 만난다면 절대로 떠나가게 하지 않을 것이다.

*   *   *

"송 관장이란 인물과 무슨 이야기를 한 거지?"

쳉은 파웅이 자신을 재웠다는 것을 의아해하며 물었다.

지금까지 단 한 번도 파웅이 강제로 자신을 재운 적이 없었기 때문이다.

"별다른 일은 없었어. 단지 네가 흥분해서 일을 그르칠까 봐 재운 것뿐이야."

"무슨 일인지 말을 하지 않으면 가만있지 않을 거야."

"크크! 진정해. 천녀를 벗어날 방법을 찾았으니까."

"그게 무슨 말이지?"

"천녀에게 들은 말이기도 하지만 나 또한 우연히 알게 된 내용이 있지. 천혼이 천부을 얻게 되면 업화의 불길을 잠재울 수 있다고 말이야."

"그게 무슨 뜻이야?"

쳉은 파웅이 하는 말을 이해할 수 없었다.

"크크! 그냥 그런 것이 있다고만 알면 돼. 그런데 네가 상대했던 송 관장이 천부를 가지고 있었어. 지금쯤 천부를 가지고 마카오로 날아오고 있을 거야."

"깔깔깔! 천부가 있으면 쳉의 육체에서 벗어날 수 있단 말이지?"

갑자기 쳉의 입에서 여자 목소리가 튀어나왔다.

"크크크! 나도 해보지 않았으니, 뭐라 말할 수는 없겠지. 하지만 내가 죽였던 백야의 인물이 말했었어. 천부에는 영혼을 분리할 수 있는 비밀이 숨겨져 있다고."

파웅에 입에서는 놀라운 말이 흘러나왔다.

"지긋지긋한 이놈의 몸에서 벗어날 수만 있다면 지금 당장 지옥에라도 갈 수 있어. 당당히 내 육체를 가지고서 아름다운 옷들과 보석으로 내 몸을 치장하고 싶으니까."

"크크! 조금만 기다려. 천녀에게 먼저 테스트를 할 거니까."

"설마, 천녀에게 새로운 몸을 주려는 것은 아니겠지?"

"그럼, 우린 영원히 천녀에게서 벗어날 수 없어. 천녀는 자유가 아닌 소멸되어야 할 존재지. 세상을 위해서도 말이야, 크크크!"

"깔깔깔! 우리가 떠나면 쳉이 무척 섭섭하겠는데."

"크크크! 섭섭하지 않도록 해주고 떠나야지. 우릴 부려먹은 대가로 아기처럼 평생을 기어 다니게끔 말이야."

말을 마친 파웅의 눈빛은 무섭게 달라졌다.

마야에 의해 잠들어 버린 쳉은 두 사람의 이야기를 전혀 알지 못했다.

*　　　　*　　　　*

우당탕! 쾅!

"으아악! 넌 날 이길 수 없어!"

천녀의 괴로운 신음성이 터져 나왔다.

일주일에 두세 번 벌어졌던 일이 한 번으로 줄었지만, 발작의 정도가 더욱 심해졌다.

자신의 몸을 찾기 위해 예인은 포기하지 않고 천녀를 공격하고 있었다.

"벌써 3시간이나 지나는데도 끝나지 않으니⋯⋯."

화린은 걱정스러운 표정으로 방 안에서 벌어지는 사태가 끝나기를 기다렸다.

발작이 일어나면 그 누구도 천녀에게 접근할 수 없었다.

얼마 전 괴성을 듣고서 천녀에게 접근하던 경호원들 모두가 몰살하는 사태까지 벌어졌다.

"언제까지 기다려야 하는 거야?"

천도맹의 호법인 홍무영이 신경질적으로 말했다.

"저 문이 열릴 때까지요."

화린은 굳게 닫힌 방문을 손으로 가리키며 말했다.

천녀의 발작은 최측근들만 알고 있는 일이었다.

"지금이 얼마나 중요한 시기인데. 하필 이때 발작이 일어나 다니."

홍무영은 안절부절못한 채 서성거리며 말했다.

로스차일드에서 표도르 강을 제거하는 조건으로 계약금 2억 달러가 입금되었다.

표도르 강의 죽음이 확인되는 대로 8억 달러를 즉시 입금 해 주기로 했다.

홍무영은 하루라도 빨리 작업을 진행하고 싶었다.

"오늘은 시간이 얼마나 걸릴지 모르겠어요."

"저 짓을 언제까지 지켜봐야 한다는 말이야?"

"둘 중 하나가 완전히 몸을 차지할 때까지겠죠."

"너도 시간이 늦어지면 그간의 노력이 수포로 돌아가는 것을 모르지는 않겠지. 어느 정도 시간이 지났으니, 들어가서 확인해도 될 것 같은데."

"죽고 싶으면 들어가세요. 저는 말리지 않을 테니."

화린의 말에 천녀가 있는 방으로 향하던 홍무영의 발걸음이 멈춰졌다.

"지금 기회를 놓치면 표도르 강을 제거하기 힘들어져."

홍무영은 화린의 말에 화를 내듯 말했다.

천도맹의 정예인 행동대를 움직이려면 천녀의 명령이 떨어져야만 했다.

2천 명의 행동대는 천녀의 말이라면 불구덩이라도 들어갈 수 있을 정도로 맹목적인 충성을 보였다.

"호법께서 하시는 일에 대해서는 뭐라고 하지 않겠어요. 하지만 지금은 천녀님을 만날 수 없는 상황이에요."

"얼마나 걸리지도 모른다면서. 지금 무작정 기다릴 수 있는 상황이 아니라서 그래."

"그렇게 다급하시면 호법님을 따르는 인물들로 표도르 강을 제거하세요."

화린은 표도르 강을 어떻게든 제거하려는 홍무영의 행동이 못마땅했다.

분명 천녀는 표도르 강을 만나본 후에 처리하겠다고 말했기 때문이다.

"그걸 지금 말이라고 하는 거야? 중화기로 무장한 130명의 특수부대가 호텔을 철통같이 보호하고 있다는 것을 모르고서 하는 말이야."

홍무영도 코사크 타격대에 대해서 잘 알고 있었다.

코사크 타격대는 어떤 상황에서도 표도르 강을 지켜냈었고, 전 세계의 분쟁 지역에서 놀라운 활약을 펼치면서 세계 최고의 특수부대로 각인되었다.

수많은 실전을 통해서 더욱 강력한 전투력을 갖추게 된 코사크 타격대는 최첨단 무기로 무장한 특수부대이기도 하다.

"그건 제가 걱정할 문제가 아니에요. 제 일은 천녀님을 수행하는 것뿐이니까요."

"네가 언제까지 그렇게 기고만장할지 두고 보겠다."

화난 표정의 홍무영은 화린을 잠시 노려보다 밖으로 향했다.

흑천에 속했을 때 화린은 홍무영을 마주 쳐다볼 수도 없었다.

하지만 지금 천녀를 근접거리에서 수행하는 화린은 천도맹에서 그 누구도 건드릴 수 없는 존재가 되었다.

　　　　　*　　　　　*　　　　　*

　"천녀는 천도맹을 강하게 만들었지만, 앞으로가 더욱 중요한 시기입니다. 중국 본토만 장악한다면 동남아는 물론 일본까지 우리 손안에 들어올 수 있습니다."

　홍무영에게 말을 하는 인물은 이정명으로 흑천의 비응조(飛鷹爪)에 속해 있던 인물이었다.

　이정명은 재무부에 소속되었던 인물로 이권을 얻기 위해 IMF 협상단과 불리한 조건으로 계약을 맺게끔 유도했었다.

　비응조에 대한 검찰 수사가 진행되자 홍콩으로 출국했고, 그곳에서 홍무영을 만나 천도맹에 속하게 되었다.

　"바로 그거야. 흑천도 꿈꾸지 못했던 일을 천도맹이 하나하나 이루어가고 있으니까. 그 때문에 천녀를 아직은 버릴 수 없는 거지."

　"하지만 저런 몸으로는 천도맹을 끝까지 이끌고 갈 수 없습니다. 호법님께서 어느 순간에는 결단을 내리셔야 합니다."

　"흠, 그래야겠지. 흩어졌던 흑천인들은 규합하고 있겠지?"

　"예, 어제오늘 천도맹에 여섯 명의 인물이 새롭게 가입했습니다."

　흑천이 무너지면서 적지 않은 인물들이 한국을 탈출해 일본과 홍콩 그리고 동남아로 피신했다.

홍무영은 그런 인물들을 찾아내어 천도맹의 하부 조직에 가입시키고 있었다.

"천녀와 그를 따르는 인물에게는 절대 알려져서는 안 될 일이야."

"물론입니다. 호법님이 전면에 나설 때까지 쥐 죽은 듯이 조용히 때를 기다릴 것입니다."

이정명은 무공을 익히지는 않았지만, 조직관리에는 특별한 재능이 있었다.

홍무영이 이정명을 신뢰하는 이유도 천도맹에서 빠르게 홍무영의 세력을 늘려갔기 때문이다.

"하하하! 그래야지. 조만간 중국 본토도 우릴 받아들일 것이다. 중국 정부가 천도맹을 관리할 수 있다는 모습을 확인시켜 주면 말이야. 그리되면 중국의 어설픈 조직들은 우리 손아귀에 들어온다. 중국을 통일하는 순간, 천녀는 뒷방 퇴물처럼 사라질 것이야."

홍무영은 중국 본토를 손에 넣기까지는 천녀를 이용할 생각이었다.

중국 지도부에 강한 인상과 신뢰를 준 천녀는 얼굴마담처럼 이용할 뿐이었다.

흑천에서처럼 홍무영은 그 누구에게도 머리를 숙일 생각이 없었다.

그때였다.

똑똑똑!

회의실의 문을 두드리는 소리와 함께 문이 열리며 쳉이 들어왔다.

"얼굴이 좋아 보이십니다. 무슨 좋은 이야기라도 나누셨습니까?"

홍무영에게 말을 건네는 것은 쳉의 모습을 한 파웅이었다.

"어서 오십시오. 그렇지 않아도 기다리고 있었습니다."

파웅의 등장에 홍무영은 환한 표정으로 인사를 건넸다.

"오셨습니까?"

이정명도 의자에서 일어나 파웅에게 인사를 건넸다.

"자! 앉아서 이야기를 나눕시다. 내가 아주 좋은 소식을 가져왔습니다."

파웅의 말에 홍무영과 이정명의 표정에 물음표가 그려졌다.

"무슨 좋은 소식입니까? 표도르 강을 제거하기라도 했습니까?"

홍무영은 파웅의 말에 궁금한 듯 물었다.

쳉이 아닌 파웅은 홍무영도 인정해 주었고, 그와 가깝게 지내게 되었다.

이는 천녀에게서 벗어나려는 두 사람의 목적이 같았기 때문이다.

*   *   *

가인이 닉스호텔에 도착했다.

서재에서 가져온 천부와 천파천은 러시아 대사관 외교행낭을 통해서 전달받았다.

"예인이는 어디에 있는 거야?"

가인은 날 보자마자 예인이의 행방을 물었다.

"마카오에 있는 것은 확실해. 우리가 예상하는 곳에 있는지는 아직 확인하지 못했어."

"확인이고 자시고가 어디 있어. 예상하는 곳이 있다면 빨리 가서 만나야지."

"나도 그러고 싶은데. 지금 예인이는 우리가 알던 예인이가 아니라서."

"그게 무슨 말이야?"

가인은 날 보며 물었다.

그녀에게 예인이 천도맹이라는 삼합회를 이끌고 있다는 이야기를 차마 말할 수 없었다.

"예인이는 지금 다른 사람이 되어버렸어."

"아니야, 예인이는 절대 그럴 아이가 아니라고."

"가인아! 우린 냉정해지지 않으면 예인이를 구할 수 없어. 너마저 흥분하면 예인이는 영영 원상태로 돌아올 수 없을지도 몰라."

난 가인이의 어깨를 붙잡으며 말했다.

가인이도 송 관장처럼 감정을 앞세우다가는 예인이를 정말 잃을 수도 있는 느낌이 들었다.

"으흑흑! 예인이가 너무 불쌍해. 내가 더 신경을 써야 했는데……."

가인은 내 품에 안겨 끝내 울음을 터뜨렸다.

한국에서 보았을 때 가인은 애써 태연한 척 담담하게 회사 일을 열심히 했다.

하지만 가인은 겉으로만 강한 척했을 뿐, 예인이의 생각으로 가득했다.

"걱정하지 마. 내가 무슨 일이 있든지 간에 예인이를 꼭 되돌려 놓을 테니까."

"흐— 흑흑! 꼭 그래야 해. 절대 예인이를 포기하면 안 된다고……."

가인은 눈물이 가득한 눈으로 날 쳐다보며 말했다.

"물론이지. 예인이를 도우려고 우리가 여기에 모인 거잖아. 그러니까 흥분하지 말고 차분하게 예인이를 구할 방법을 함께 생각해 보자."

"정말, 예인이를 구할 방법이 저 책에 있는 거야?"

가인은 조금 진정이 되었는지 책상에 올려진 천부와 천파천을 바라보며 말했다.

"아직은 모르겠어. 관장님께서 저 책을 이야기한 자를 만났다고 했어. 전화로 말했던 거처럼 신뢰할 수 없는 인물이야. 그래서 고서적을 구입해서 함께 보내라고 한 거야."

책상 위에는 천부와 천파천 외에서도 인사동에서 구입한 고서적이 올려져 있었다.

파웅이라는 인물을 믿을 수 없었기에 천부를 그에게 넘길 수는 없었다.

"정말이지 저 책에 예인이를 구할 방법이 있었으면 좋겠어."

"분명 방법이 있을 거야."

천부와 천파천을 모두 읽어보았지만, 책 내용이 무엇을 말하는지 이해할 수가 없었다.

Chapter 16

"물! 물을 가지고 와!"

온몸이 땀으로 범벅이 된 천녀는 큰 소리로 소리쳤다.

그 소리를 들은 화린은 방문을 열고 방으로 들어갔다.

"여기 있습니다."

화린이 쟁반에 가져온 물병을 통째로 집어 든 천녀는 단숨에 찬물을 목구멍으로 넘겼다.

꿀꺽! 꿀꺽!

방 안은 엉망을 넘어서 전쟁이 난 것처럼 모든 물건들이 완전히 부서져 있었다.

"시간이 얼마나 지났지?"

"밤 11시가 넘었습니다."

"으! 한나절이 지나 버렸잖아."

"이전보다 시간이 더 지체되시는 것 같습니다."

화린의 말처럼 발작이 시작하면 늦어도 반나절이 끝이 났었다. 오늘처럼 하루 종일 발작이 진행되지는 않았었다.

"호법은 어디 있나?"

"쳉 장로와 이야기를 나누고 있는 것 같습니다."

"그럼, 둘 다 불러라."

"예, 알겠습니다. 그런데 요즘 두 사람의 사이가 무척 가까워진 것 같습니다."

"홍무영과 쳉을 말하는 것이야?"

"쳉이 아니라 그 몸에 기거하는 파옹이라는 인물과 자주 대화를 나누는 것 같습니다."

"걱정하지 말아라. 두 놈이 작당하더라도 날 어쩌지는 못하니라."

"홍무영은 천녀님을 언제든지 배신할 수 있는 인물입니다."

"너도 날 배신하려고 하지 않았느냐?"

화린의 말에 천녀는 무서운 눈으로 화린을 보며 말했다.

"전 단지……."

"후후! 걱정하지 마라. 내가 널 필요로 하는 이상 나 외에는 누구도 널 건드릴 수 없으니까. 지금은 나에게 칼을 겨눌지라도 홍무영과 파웅이 필요한 시기니라."

"예, 제가 무례를 범했습니다. 두 사람을 데리고 오겠습니다."

화린은 더는 말을 하지 않았다.

천녀의 두 눈이 자신의 속마음을 모두 꿰뚫고 보는 것처럼 느껴졌기 때문이다.

*   *   *

"지금 제가 들은 말이 모두 사실입니까?"

홍무영은 파웅의 이야기에 놀란 표정으로 되물었다.

"그건 저도 알 수 없습니다. 그냥 지나칠 수 없다는 것이 천부가 존재한다는 것이지요. 더구나 천녀가 말하지 않았으니까? 천부가 나타나지 않는 한 자신을 그 누구도 넘을 수 없다고 말입니다."

"흠, 그랬지요. 천혼이 천부를 얻지 못한다면 업화를 누를 수 없다고. 천부가 실제로 존재한다고 하면 그냥 지나칠 수가 없는 일이겠지요."

"무엇보다도 천녀가 이 사실을 알게 해서는 절대 안 됩니다."

"물론이지요. 천녀가 지금은 필요하겠지만, 앞으로 계속 그러리라는 보장은 없습니다, 하하하!"

홍무영은 파웅의 말에 큰 소리로 웃으며 말했다.

"하하하! 호법님과 함께하는 천도맹의 앞날은 밝은 날만 있을 것입니다."

"하하하! 그리 생각해 주시니 고맙습니다. 천녀를 상대할 답이 없을 거라고 여겼는데, 파웅 장로께서 아주 좋은 해결책을 가지고 오셨습니다. 천녀가 사라지는 날, 천도맹의 절반은 파웅 장로에게 돌아갈 것입니다."

"그렇게까지 생각해 주신다니, 정말 감사합니다. 내일이면 천부를 얻게 될 것입니다."

천녀를 혼자서 상대할 수 없는 홍무영과 파웅은 서로의 이익을 위해서 손을 잡았다.

천부의 존재를 확인한 두 사람의 얼굴에는 기쁨의 웃음이 가득했다.

*　　　　　*　　　　　*

마카오에서 크리스마스를 맞이하게 되었다.

모처럼 가인과 송 관장을 비롯한 모든 사람이 모인 자리지만 크리스마스 기분을 낼 상황이 아니었다.

더구나 파웅이라는 인물을 만나기 전에 천부의 비밀을 풀어야만 했다.

"아무리 봐도 앞뒤가 맞지 않아."

천부에 써진 글의 내용이 문맥상 전혀 맞지 않았다.

실마리를 줄 것 같은 천파천도 천부처럼 앞뒤 내용이 이어지지 않았다.

"후! 누가 보더라도 이건 말이 안 되는 내용이야."

밤을 새워가면서 천부와 천파천를 살펴보았지만, 여전히 답을 찾을 수 없었다.

한국에 있을 때도 시간이 날 때마다 두 책을 살펴보았지만 특별한 비밀을 발견할 수 없었다.

"이런 식으로는 답을 찾을 수 없어."

두 손으로 머리를 감쌀 수밖에 없었다.

예인을 구할 방법이 천부에 있다고는 했지만, 이어지지 않는 책의 내용으로는 무슨 뜻인지 알아내기가 힘들었다.

"정신을 좀 차려야겠어."

의자를 뒤로 빼다가 책상에 의자가 걸려 책상이 흔들렸다.

그때 책장이 넘어가지 않도록 해놓았던 문진이 옆으로 이동하며 천파천의 책장이 맨 뒷장으로 넘어갔다.

"어! 이게 뭐지?"

놀랍게도 천부의 첫 장의 내용이 자연스럽게 천파천의 맨 뒷장과 연결되고 있었다.

"설마! 한 권의 책을 둘로 나누어놓았던 건가?"

확인하기 위해 천부의 두 번째 장과 천파천의 마지막에서 두 번째 장을 연결해 보았다.

자연스럽게 내용이 연결되어 무슨 내용인지 알 수 있었다.

천부의 세 번째 장도 동일하게 천파천의 마지막 세 번째와 연결되었다.

"하하하! 이러니까 알 수가 없었지."

큰 난제를 푼 것처럼 절로 웃음이 나왔다.

책상에 다시 앉아 천부와 천파천의 내용을 읽기 시작했다.

*　　　*　　　*

"정말! 예인이를 구할 방법을 찾은 거야?"

가인은 흥분하며 물었다.

"책의 내용이 사실이라면 가능하겠지. 하지만 예인이에게 분리한 인격체를 담을 육체가 필요해. 더구나 그 육체는 천녀를 감당할 수 있어야 하고."

"내가 할게."

"그렇게 되면 너도 예인이처럼 가족들을 떠나게 돼. 난 지금처럼 널 찾아다닐 테고. 그건 해답이 될 수 없어."

"그럼, 어떡해?"

"생각을 해봐야겠지."

"혹시, 시체로는 안 되는 거야?"

"안 돼. 꼭 살아 있는 사람이어야만 해. 그 사람이 천녀의 인격체를 받아들일 수 있도록 책에 적힌 주술을 외워야 해. 그리고 천혼이 중간의 매개체가 되어야 한다고 적혀 있어. 천혼이 아닌 사람이 천녀의 인격체를 옮기게 되면 그 사람의 정신은 파괴될 거야."

"책에 그렇게 쓰여 있는 거야?"

"그래, 과거 마녀라는 인물이 세상을 어지럽힐 때 이 방법을 통해서 영혼을 가두어두었다고 쓰여 있었어. 그 말이 사실인지는 모르겠지만."

말이 끝나자마자 송 관장이 급하게 들어왔다.

"방법을 찾았다고?"

"예, 천부와 천파천은 원래 한 권의 책이었습니다. 누군가에 의해서 둘로 나누어졌던 것입니다. 더구나 교묘하게 천부의 첫 장과 천파천의 맨 뒷장이 연결되게끔 나누어져 있었습니다."

"그럼, 이제 예인이를 구할 수 있는 거지?"

"책에는 인격체를 분리할 방법이 적혀 있었습니다. 그 일을 할 수 있는 인물은 천혼(天魂)을 가진 자만이 가능하다고 했습니다."

"파옹이 자신을 천혼이라고 했으니까. 이제 문제 될 것이 없겠어."

송 관장은 몹시 흥분한 목소리였다.

"문제는 있습니다. 천녀가 순순히 예인이의 육체에서 떠나려고 할지도 미지수입니다. 그리고 예인이에게서 분리된 천녀를 담을 육체도 있어야 합니다."

"살아 있는 사람이어야만 한대요."

옆에 있던 가인이가 말을 보탰다.

"내가 하겠네. 내가 천녀를 받아들이면 되잖아."

송 관장은 당연하다는 듯이 말했다.

"여자여야만 합니다."

내 말에 송 관장은 낙심한 표정으로 한숨을 내쉬었다.

"후! 가족이 아닌 이상 누가 천녀를 받아들이려고 하겠나?"

"저도 그걸 걱정하고 있었습니다. 가인이가 하겠다고 나섰지만 예인이와 같은 결과만 만들 뿐입니다."

"후— 우! 하나를 풀면 다른 하나가 문제가 되는군."

송 관장은 다시금 큰 한숨을 내쉬었다.

자신의 육체에 감당할 수 없는 천녀를 받아들일 인물은 없었다.

그렇다고 강제적으로 진행할 수도 없는 문제였다.

그때였다.

김만철 경호실장이 급하게 방 안으로 들어왔다.

"천녀가 기거하는 구총독 관저를 잘 아는 천도맹의 인물이 우릴 돕기로 했습니다."

내부에서 도움을 받을 수 있다면 총독 관저를 급습하는 것도 고려해 볼 수 있었다.

"좋은 소식이네요."

"직접 만날 수는 있습니까?"

"오늘 접촉하기로 했습니다."

"하나하나 문제를 풀면 될 것 같습니다. 너무 걱정하지 마십시오. 일단 예인이를 데려오는 것이 먼저이니까요."

송 관장을 바라보며 말했다.

예인이를 병원에 입원시킨 후에 문제 해결을 할 방법을 차근차근 찾아보면 답이 나올 수도 있었다.

예인이의 몸에서 천녀의 인격체를 분리할 방법을 찾았기 때문이다.

"그래, 우선은 예인이를 찾는 것이 문제니까."

송 관장은 애써 침착한 표정을 지으려고 노력했다.

*   *   *

두 팀으로 나누어서 행동하기로 했다.

송 관장은 티토브 정과 함께 천부를 가지고서 파옹을 만나고, 난 김만철 경호실장과 우릴 돕겠다는 천도맹의 내부자를 만나기로 했다.

천부를 파옹에게 보여주어도 아무런 문제가 되지 않을 것이다. 천파천이 없다면 천부는 아무 도움이 되지 않는 책일 뿐이다.

이러한 사실을 파옹이 알아챘다면 그에게 천파천도 보여줄 생각이다. 진짜 천혼이라면 그 정도는 알고 있을 거라고 여겼기 때문이다.

약속 장소는 마카오의 한적한 식당이었다.

화린이라 자신을 소개한 인물은 천녀의 최측근이라고 말했다.

"왜 우리를 돕겠다고 한 것이죠?"

"천녀의 행동이 도를 넘었으니까요. 제 얼굴에 난 상처가 그걸 말해주죠."

선글라스를 벗자 눈 아래부터 턱 밑까지 길게 이어진 상처가 확연히 눈에 들어왔다.

요즘 들어 화린은 천녀가 자신을 언젠가는 죽일 수도 있다는 사실을 느끼게 되었다.

그러한 생각이 현실이 되기 전에 표도르 강이 천녀를 제압할 수 있게 협조하기로 마음먹은 것이다.

"지금 천녀의 상태는 어떻습니까?"

"폭주하기 일보 직전이죠. 발작을 하는 날이면 그 누구도 천녀를 막을 수 없죠. 얼마 전에도 경호원들을 몰살했으니까요. 앞으로도 더 많은 사람들이 죽어 나갈 거예요."

화린은 담담하게 천녀에 대해 말해주었다.

"말한 대로라면 천녀를 상대하기가 쉽지 않을 것 같은데요."

김만철 경호실장의 말이었다.

"무력을 사용해서 천녀를 잡는 것은 어불성설이에요. 천녀가 머무는 저택에만 무장한 1백 명의 경호원들이 있으니까요. 이들은 천녀의 말이라면 어떤 짓도 버릴 수 있는 인물들이에요. 그리고 5분 안에 수천 명의 조직원들이 주변을 포위할 테고요. 거기서 끝나면 좋겠지만, 경찰 쪽에도 천녀를 추앙하는 인물들이 있죠. 그들이 도로를 봉쇄할 거예요."

화린의 말대로라면 예인이를 데리고 나오는 것이 불가능에 가깝게 느껴졌다.

"우리가 가진 무력으로는 천녀를 잡을 수 없다는 말입니까?"

"여긴 러시아가 아니죠, 천녀가 다스리는 마카오예요. 마카오 행정장관도 천녀의 말을 따르니까요."

"천녀가 나에 대해서 잘 알고 있는 것입니까?"

"후후! 그 몸이 누구 것인지 잊으셨어요? 예인이의 모든 생각이 공유되지는 않겠지만, 표도르 강, 아니, 강태수 씨에 대해서는 알 만큼 알고 있죠."

천녀는 나에 대해 충분히 알고 있다는 것을 화린의 말로서 알게 되었다.

"흠, 충분히 그럴 수 있겠습니다."

"천녀를 상대하려면 천녀의 손과 발이 되는 인물들을 움직일 수 없도록 해야만 해요. 천녀가 발작을 하거나, 정신을 잃는 것이 가장 좋겠죠."

"그게 가능합니까?"

김만철 경호실장이 물었다.

"그걸 제가 유일하게 할 수 있는 인물이죠. 문제는 일주일에 한 번 하는 발작을 어제 했다는 거예요."

"그럼, 천녀에게 수면제라도 먹여야 한단 말이네요."

"그 방법밖에는 없겠죠. 한 가지 물어보겠는데, 예인 언니에게서 천녀를 어떻게 떼어놓을 거죠? 방법이 있다고 들었는데."

화린의 말에 김만철 경호실장이 날 보며 고개를 끄떡였다.

"말했던 것처럼 방법을 찾았습니다. 하지만 이 방법이 가능한 것인지는 확인한 적이 없기 때문에 장담할 수는 없습니다."

"어떤 방법이죠? 저에게 모든 것을 이야기해야지만 일을 진행할 수 있습니다."

화린이 내건 조건 중 하나였다.

"천부라는 책에 적힌 방법입니다. 천혼을 가진 인물이 천부를 통해서 서로 다른 인격체를 분리하여 다른 육체로 옮기는……."

"흠! 천혼이 천부를 만나면 업화의 불을 끌 수 있다는 말이 사실이었군."

내 말을 끝까지 들은 화린이 신음성을 내며 말했다.

"천부에 대해서 알고 있습니까?"

화린의 말에 놀라 물었다.

"천녀가 이야기한 말이에요. 자신이 이 세상을 불태울 업화라고. 오로지 천혼이 천부를 얻어야만 꺼지지 않는 업화를 멈출 수 있다고 말했어요."

"지금까지의 이야기들을 종합해 보면 천부에 적힌 방법이 사실일 가능성이 큰 것 같습니다."

김만철 경호실장이 확신하듯이 말했다.

그도 그럴 것이 자신을 천혼이라고 이야기했던 파웅이 천부를 이야기했고, 천녀의 최측근인 화린도 같은 이야기를 꺼낸 것이다.

더구나 이 모든 말이 천녀의 입에서 나온 이야기였다.

"예, 저도 천부의 내용에 대해 확신이 드네요. 그런데 파웅이란 자가 천혼이라고 주장했습니다. 파웅이 천혼이 맞습니까?"

"깔깔깔! 파웅이 천혼이라고요. 아니요, 천녀는 강태수 씨가 천혼이라고 말했었지요. 이 세상 사람과 다른 존재라고 말이에요."

화린의 입에서 놀라운 말이 튀어나왔다.

"내가 천혼이라고요?"

"흑천의 천산이 천녀에게 죽던 날, 천산이 한 말이에요. 그 때문에 예인 언니가 강태수 씨 곁을 떠나게 된 거죠. 예인 언니가 강태수 씨 옆에 있으면 천녀가 강태수 씨를 죽일지 모르니까요. 또 하나, 천부의 비밀은 오직 천혼이 가진 자가 푼다고 천녀가 말했어요."

다시금 화린의 입에서 생각지도 못한 말들이 흘러나왔다.

예인이가 갑자기 사라져 집에 돌아오지 않았는지에 대한 이유를 말이다.

'예인이가 나 때문에…….'

"내가 만약 천혼이라면 천녀를 분리해 낼 수 있습니다. 하지만 천녀를 받아줄 육체가 필요합니다."

"내가 하겠어요."

"예? 천녀가 몸에 들어가면 위험할 수 있습니다."

"아니요, 천녀가 내 몸에 들어오면 난 누구보다 강해질 거에요. 세상 그 누구도 날 무시할 수 없게 될 테니까."

화린은 예인처럼 연약한 마음으로는 천녀를 누를 수 없다고 생각했다.

그리고 쳉처럼 마야와 파웅을 위협하여 굴복시킨다면 천도맹은 자신의 것이 될 것이었다.

*　　　　　*　　　　　*

화린의 말처럼 천녀는 날 자신이 머무는 저택으로 초대했다.

저택은 생각보다 넓고 내부도 새롭게 단장했는지 깔끔한 느낌이 들었다.

나를 경호하기 위해서 김만철 경호실장과 티토브 정, 그리고 송 관장이 함께했다.

가인은 호텔에서 기다리기로 했다.

경호원의 숫자도 20명으로 제한했고, 코사크 타격대는 외부에서 대기할 수밖에 없었다.

천녀을 따르는 수백 명의 천도맹 인물들이 저택을 철통같이 보호하고 있었고, 외부에서 2백여 명의 인물들이 도로를 통제했다.

저택에서 문제가 생기면 탈출을 할 수 없을 정도로 철통 경비를 갖추고 있었다.

나를 안내한 인물은 화린이었고, 천녀는 오로지 나만을 만나기를 원한다고 전했다.

나머지는 천녀와 내가 만나는 동안 응접실에서 기다릴 수밖에 없었다.

응접실에도 검은 양복을 입은 천도맹의 인물들이 병풍처럼 주변을 둘러싸고 있었다.

"저 방으로 들어가시면 돼요. 천녀님과 좋은 이야기를 나누시길 바랍니다."

화린은 주변을 의식해서인지 조심스럽게 행동했다.

"알겠습니다."

말을 마친 나는 주저 없이 화린이 가리킨 방문을 열었다.

그곳에는 그토록 애타게 찾던 예인이 서 있었다.

『변혁 1998』6권에 계속…